순

順/筍/純

전해리 지음

사랑이 비껴간 자들에게

꼬리가 잘린 도마뱀

신세계로부터

아까시절

꼬리가 잘린 도마뱀

Lizard whose tail has been cut off

2020

못다 이룬 꿈이 있나요.

있다면,

꼭 이루길 바라요.

나는 현실을 살아내기가 버거워

꿈을 꾸었지만

알고 보니 그 꿈조차도 헛것이었지 뭡니까.

모든 게 내 탓입니다.

내가 전부 그르쳤어요.

나는 이제 오갈 데가 없습니다.

완벽한 검은색의 밤은 없다.

그 밤도 그랬다. 여름 장마의 습기가 축축하게 깔리고 운명이 짙은 안개를 토해낸 그날 밤에도 가로등이 뻔뻔스레 거리를 밝혔다. 검은색만이 있어야 할 자리에 온갖 색이 존재하게 되었지만, 그 솜씨가 과히 어설퍼서 그 색들은 흐리멍덩하기만 했다. 길에는 아무도 없었다. 모두에게 집이 있기 때문이었다. 그렇다고 모든 집이 잠든 게 아니어서 집 안의 은근한 불빛이 밖으로 누설되니 이미 선명하지 못한 밤을 어지럽히는 데 한몫 단단히 했다. 딱하게도 집 없는 고양이들이 치정 싸움을 하느라 이따금 날카로운 소리를 내었고 개구리가 방정맞게 울어 댔다. 끈적한 공기 속 희미한 웃음소리와 음악소리가 뒤엉켰고 드물게 부는 바람이 그 소음을 손가락으로 겨우 풀고 자리를 떴다.

열두 시를 가리키는 종소리가 울리자 출처 없는 곳으로부터 발걸음 소리가 들렸다. 타닥타닥! 서두르는 발걸음이었다. 하지만 아직은 그 소리가 쫓기는 데서 비롯하는 건지 도망치는 데서 발현되는 건지 쉽게 판단 내릴 일이 아니었다. 가열차게 정점에 이르려는 캐스터네츠 연주에 견줄 만한 발걸음은 어느 순간 뚝 멈췄다. 발걸음이 멈춘 곳은 세상의 끝에 자리한 공중전화 부스 안이었다. 그녀는 부스 안에 들어가 문을 있는 힘껏 쾅 닫았다. 하이힐 위에 아슬아슬 서 있는 여자의 발뒤꿈치엔 가엽게도 살이 까진 것도 모자라 피딱지가 앉아 있었다. 싸구려 모조 목걸이엔 빛이 없었다. 그녀가 입은 옥색의 슬립 드레스의 끝은 다 헤져 있었다. 그녀는 작은 가짜 가죽 가방을 거꾸로 들어 안에 있는 그녀의 세상을 모조리 바닥으로 털어냈다. 촛농이 잔뜩 녹아내린 두꺼운 양초, 겉칠이 다 벗겨진 립스틱과 작고 낡은 손거울, 붉은 보석이 박힌 반지 하나, 그리고 펜과 너덜너덜한 수첩이 쏟아져 나왔다. 그녀는 허겁지겁 수첩을 집어 책장을 넘기더니 마침내 전화기의 다이얼에 번호를 꾹꾹 눌렀다. 그러고는 수화기를 간절히 붙잡았다.

1.

"네, 달튼 박사입니다."

"여보세요? 박사님?"

"누구시죠? 누구신데 이 시간에 전화하신 거죠?"

"저에요, 저라구요! 제이드에요! 박사님! 제 목소리 못 알아 들으시겠어요?"

"아, 제이드 양이군요. 이 늦은 시간에 무슨 일로 전화를 한 거에요. 혹시 내가 도와줄 일이라도 생겼나요?"

"박사님, 숨이 막혀요. 숨이 안 쉬어져요."

"제이드 양, 진정해요. 정확히 어떤 느낌이죠?"

"이 밤이 나를 압박하고 있어요. 나는 이미 엎드릴 만큼 엎드렸는데도 이 밤이 날 계속 누르고 있어요. 숨을 쉴 수 없어요. 나는 압사당할 거에요! 어떡해요? 어떡하죠? 박사님! 제발! 살려주세요! 저를 좀 구해주세요!"

"제이드 양, 이 밤이 제이드 양을 누르고 있을 리 없어요. 진정해요. 밤은 밤에 불과하니까."

"아니에요! 아니라구요! 제발, 제 말을 믿어주세요! 정말이에요!"

"좋아요… 제이드 양. 그렇다면 언제부터 그랬죠?"

"어… 어… 모르겠어요. 정확한 날짜는 기억나지 않아요! 숨이 쉬어지지 않아요!"

"제이드 양. 괜찮아요, 괜찮아. 자… 내가 세는 숫자에 따라 숨을 쉬어봐요. 하나… 둘… 셋… 또다시… 하나… 둘…

셋… 다시… 하나… 둘… 셋… 어때요, 제이드 양, 조금 진정된 것 같지 않나요?"

"아… 아뇨… 네… 아뇨, 잘 모르겠어요. 아주 약간 나아진 것 같아요."

"자, 그럼 다시 해봅시다. 그래서 밤이 언제부터 제이드 양을 누르기 시작했죠?"

"모르겠어요. 여전히 몰라요. 저는 몰라요."

"제이드 양, 제이드 양만이 답을 알고 있어요. 그러니까 괜찮아요. 우리 천천히 해봐요. 괜찮아요… 모든 게 괜찮아요…"

"흑… 흐윽… "

"괜찮아요… 제이드 양… 괜찮아요…"

"그게… 흐윽… 흐윽… 온 집안 친척이 모인 날 밤이었어요. 세상에, 갓난아기부터 구십구 세 할아버지에서 이름도 모를 8촌에 당숙, 사돈까지, 세상에, 박사님! 숨이 다시 막혀요! 아… 악!"

"제이드 양, 괜찮아요. 그건 기억에 불과해요. 이미 지난 과거에요. 진정해요. 자, 다시 나를 따라해요. 하나… 둘… 셋… 다시… 하나… 둘… 셋… 어때요? 조금 낫나요?"

"네… 다시 아주 약간 나아졌어요."

"자… 그날 무슨 일이 있었나요? 무슨 특별한 일이 생겼나요? 아니면 안 좋은 일이 있었어요?"

"아뇨… 차라리… 차라리… 아…! 차라리…"

"제이드 양, 괜찮아요. 괜찮아요. 시간을 가져요. 난 기다려 줄 수 있어요."

"그날… 그날… 그으… 그으… 나… 그으… 나알…"

"제이드 양, 침착해요. 울지 말아요… 그날…?"

"차라리 무슨 일이 생겼어야 했어요. 아! 차라리 지구가 멸망했으면 좋았을 텐데! 끔찍했어요! 그날도 이전 가족 모임을 했던 날들과 너무 똑같았어요. 아…! 너무 똑같아서 문제였어요! 이십 년이 다 되도록 똑같았어요. 99세 할아버지가 백 년이 지난 흔들의자에 앉아 그 초점 없는 눈으로 시종일관 바깥만 바라보는 걸 박사님도 보셨어야 해요! 그저 연명하는 삶… 의미도 없이… 식사 시간에는 누군가 그 자리로 밥상을 들고 와서 떠먹여줘야 하죠! 그 노인네는 스스로 걸어서 뭘 할 생각도 없으면서 기억력은 좋아가지고 지난번에 먹은 음식이 하나라도 있으면 무슨 힘이 있어서 밥상을 뒤엎어 버리는 거죠? 가족들은 그조차도 전통이라 불러요! 세상에! 집안의 부인들이 쪼르르 달려와 깨진 사기 그릇도 웃으면서 치우다니요! 나는 이해할 수 없어요. 나는 개선 따위는 바라지도 못했어요. 그저, 그저… 누구 한 명이라도 이상하다고 여기길 바랬어요. 집안 남자들은 골프를 치러 가고 승마를 하고 노름을 했죠. 한 명도 빠짐없이! 여자들은 음식을 했어요… 음식밖에 할 수 없었어요. 그만큼 상을 차리려면 아무도 한눈을 팔 수 없었어요. 남자들은 단 한 번도 거들어주지 않았어요. 맹세코! 어렸을 땐 그 남자들은 저를 붙잡고 춤과 노래를 시켰고, 조금 더 자라서는 꿈이 뭐냐고 묻기만 하고 자기 얘기만 늘어놓았죠. 전쟁 중 자신들이 잡은 포로가 몇 명이고, 적군을 어떻게 명중시켰고, 그 포화 속에서 어떻게 빠져나왔는지 자랑하다 못해 우쭐거렸어요. 그리고 가장 어이가 없는 건… 제 꿈을 짓밟았어요… 너무 어려서 꿈을 착각한다느니, 그 꿈으로 제대로 된 집과 자동차는 꿈도 꿀 수 없다느니! 본인들은 꿈을 꿀 엄두조차 내지 못했으면서! 가족 모임만 생각하면 나는 그 음식 냄새와 음식의 기름과 남자들의 웃음소리, 그리고 여자들의 앓는 소리에 질식해버릴 것 같아요. 아뇨! 실제로 질식하지 않은 게 천운이었죠! 남자들은 그렇게 실컷 놀고선 고맙다는 말 한 마디 없이 음식이 짜네, 싱겁네 불평을 하며 요리는 어떻게 해야 한다는 둥 온갖 궤변을 늘어놓았어요. 그리고 식탁을 돼지우리로 만든 다음 또 노름을 하러 갔죠. 아! 안주를 부탁하더라고요. 내가 기가 다 차서… 그럼 우리 여자들은 서로 어깨와 팔을 주무르고 허리를 두드리며 그들의 안주를 준비했어요. 그렇지 않을 수 있지 않았냐고요? 그러지 않을 수 있었겠죠. 그런데 아무도 의문을 제기하지 않았어요. 나는… 분명히 하건대, 나는… 말했어요. 남자들이 적어도 그릇이라도 닦아야 하는 거 아니냐고. 그렇지만 여자들 중 아무도 내 말을 듣지 않았어요. 여자들은 도리어 저에게 그랬죠… 대들지 말라고, 그 나이 먹어서 요리 하나 제대로 할 줄 아는 게 없고, 요리라도 못 하면 가서 아이들이나 돌보라고! 할머니는 저를 때리기도 했어요. 이마를 손가락으로 쿡쿡 찔렀어요. 너는 정말 쓸모가 없고 말도 안 듣는 구제불능이라면서… 저보다 한 살 많은 사촌오빠를 금이야 옥이야 다뤘어요… 아이들이 놀다가 다치면 제 책임이고 먹다가 체해도 제 책임이었어요. 그럼, 내가 몸을 던져서라도 다쳤어야 했나요? 음식을 꼭꼭 씹어 먹으라고 부모가 교육하지 않은 걸 제가 무슨 수로 아이들이 체하는 걸 막을 수 있었겠어요? 오, 세상에! 나는 그 가족에게 가장 쓸모 없는 존재였어요. 그럼에도 나는 항상 그 자리에 참석해야 했어요. 그 자리에 있기 싫다는 티가 조금이라도 나면 가족들은 키워준 은혜도 모른다고 했죠. 다들 저를 미워했어요. 내가 본인들과 다르다고 나를 미워했어요. 내가 뭘 잘했는지, 뭘 잘하는지, 뭘 잘할 수 있는지 아무도 내게 관심을 준 적도, 칭찬해준 적도 없어요. 내가 말을 하면 반항이었고, 내가 말을 안 하면 싹수가 없다는 말을 들어야 했어요. 그 누구도 내 말에 귀 기울여주지 않았고, 모두 자기 말만 했어요. 그래서 누구의 눈에도 상처가 보이지 않는 거죠, 나는 항상 말로 얻어맞았으니까요! 덕분에 내 마음은 멍투성이다 못해 피투성이에요. 아… 아… 하아… 아악…! 하아… 그리고… 아흔아홉 번째 가족모임의 밤, 그날부터 밤이 나를 향해 추락했어요. 아… 박사님… 숨이 다시 안 쉬어져요! 아… 아… 왜 과거를 입 밖으로 꺼내게 만든 거죠! 과거를 고스란히 말하기만 해도 저는 그 과거가 지금인 것처럼 느껴져요. 박사님…! 저는 숨이 막혀 죽을 지도 몰라요! 제발… 저를 구하러 와주세요…!"

"제이드 양, 제가 제이드 양의 과거를 알아야 제이드 양을 도울 수 있어요. 일단… 제가 알려준 것처럼 숨을 들이마시었다가 내쉬도록 해요."

"아뇨! 박사님은 저를 도울 수 없어요! 박사님은 이 모든 게 치료의 일환이라고 하시겠죠! 그런데 저에게는 반복에 불과해요…! 출구를 찾을 수 없는 뫼비우스의 띠라고요! 제가 지금 박사님께 제 과거 이야기를 해서 나아진 게 뭐죠? 아… 아… 하아… 숨이 점점 더 가빠요!"

"제이드 양, 진정해요. 맞아요, 저는 제이드 양을 구원해 줄 수 없고 과거를 고쳐 줄 수 없지만 제이드 양을 돕고 싶어요."

"박사님, 일단 이 멈추지 않고 하강하는 밤을 좀 멈춰주세요…! 저는 미쳐버릴 거에요!"

"제이드 양, 밤은 그저 밤일 뿐이에요. 제이드 양은 실제로 아무렇지 않아요. 밤은 하강하지도 않고 제이드 양을 압박하는 건 아무것도 없어요. 제이드 양은 현실적으로 괜찮아요."

"박사님… 제가 괜찮지 않다는데 왜 자꾸 괜찮다고 말씀하시는 거에요? 저는 괜찮지 않아요!"

"제이드 양… 제이드 양만이 아픈 사람이 아니에요. 저는 제이드 양과 같은 사람을 고치고 도와주는 사람이에요. 저는 제이드 양과 같은 사람들을 잘 알아요."

"아뇨… 이제 알겠어요. 박사님은 저를 고칠 수 없어요. 박사님은 과거의 회고를 치료라고 보겠지만 저에게는 그저… 이미 나 있는 상처에 칼을 한 번 더 깊숙이 벤 것에 불과해요. 박사님, 이제 다신 연락하지 않겠어요. 늦은 밤에 실례가 많았습니다. 항상 건강하세요."

"제이드 양, 내가 어디 있는지 알잖아요. 날이 밝으면 내가 있는 곳으로 와요. 내가 있는 병원에 제이드 양의 치료에 관심 있는 의사가 있어요. 그 의사와 내가 도와줄 수 있을 거에요."

"그 의사 분을 만나면… 내가 또 이 얘기를 해야 되는 거겠죠? 그 의사 분이 날 치료하는 데 실패하면 난 또 다른 의사를 찾아서 이 얘기를 또 하고… 그럼 내 상처는… 박사님에게는 느껴지지 않는 이 상처는 끝내 나를 죽이겠군요. 난 그만 괴롭고 싶어요. 아시겠어요? 과거에 대해 말을 꺼내면 꺼낼수록 나는 왜 아파야 하는 거죠? 과거에 대해 말하는 걸 계속할수록 나를 또 다른 반복으로 밀어 넣는 거에요. 이 점에 대해서 박사님은 모르시죠? 박사님은 저를 도울 수 없어요. 그걸 이제야 깨달은 내가 멍청했군요. 당신은… 나의 상처에 대해 단 한 번도 이해한 적이 없었어."

"그러지 말고 이해하도록 나를 설득해 봐요. 제이드 양. 내가 제이드 양의 상처를 이해할 수 있게."

"박사님, 제가 이제까지 꼭 뜬구름만 말한 것 같죠? 박사님께 솔직하지 못한 거 같죠? 더 깊숙이 들어가면 치료비가 더 들까 봐, 박사님이 심각한 얘기를 하면 내가 다음에 또 진료를 와야 할까 봐 그게 두려웠던 거에요. 박사님 말씀이 틀리지 않을 수 있다는 걸 제가 모를까 봐요? 더 이야기해야 나를 이해할 가능성이 있다는 걸? 그런데 박사님, 저는… 내 상처도 상처지만 언제 나을 지 모르는 상처 때문에 낼 진료비와 약값이 억울해요. 사람들은… 내가 진료비와 약값으로 내는 돈으로 즐거움을 위해 쓰겠죠? 반면, 나는 그 반대고요. 저는 박사님… 박사님… 저는 잘 모르겠습니다. 치료가 의미가 있을지…"

"제이드 양도 나아져서 사람들이 그러는 것처럼 카페에 앉아 친구들과 커피도 마시고… 부모님과… 아니… 그러니까 제 말은 다른 가족들이라도…"

"하! 박사님, 박사님도 어쩔 수 없는 사람이셨네요! 이제 아셨죠? 나는 사람들과 같을 수 없다는 걸…! 나를 사랑하고 아껴주는 가족들은… 없어요…"

"제이드 양… 어쨌든 치료를 받으면 어떤 식으로도 좋아질 거에요. 과거를 지금과 다르게 바라볼 수 있어요. 그럼 다른 가족들이라도 만날 수 있겠죠."

"박사님… 저는 과거를 지금과 다르게 바라보고 싶은 게 아니에요."

"그럼요?"

"저는… 제게 과거는 지금이에요… 그 시간은 계속되고 있어요… 제 안에서 끊임없이 반복되어서 제가 현재를 살지 못하게 하죠… 저야말로 현재만 보고 싶어요. 제가 나아진다 한들… 나아져서 그 어떤 가족들을 다시 볼 수 있다고 해도 그분들은 저를 그대로 보겠죠… 제대로 하는 건 하나도 없고 세상물정 모르는 순진한 여자 아이로요… 그리고 박사님?"

"그래요. 제이드 양."

"제겐 치료비가 없어요."

전화는 끊어졌다. 제이드는 한동안 울음을 주체 못해 그 작은 공중전화 박스 안에 몸을 웅크려 누운 채 들썩였다. 제이드는 겨우 힘을 내 수첩을 뒤졌고 전화기의 다이얼에 번호를 눌렀다.

2.

"여보세요?"

"스승님! 저에요! 제이드 가넷 제럴드에요! 스승님, 너무 늦은 시간에 연락 드려 죄송해요. 하지만 연락을 드릴 수밖에 없었… 흑… 흑… 없었어… 없었어요!"

"이런! 제럴드 양! 이게 무슨 일인가! 세상에! 목소리는 왜 이렇게 헐떡이는 거지? 자네, 누군가에게 쫓기도 있는 건가? 야밤에 이게 무슨 일이야!"

"사채업자들에게 쫓기고 있었어요. 저에게… 저에게… 단 하나밖에 없는 젊음을 내놓지 않으면 제 어머니를 해치겠다고 하더군요…"

"이런… 이렇게 안타까울 수가 있나! 제럴드 양, 제럴드 양은 참 총명한 학생이었는데! 어쩌다 그렇게 되었어! 제럴드 양, 난 지금도 자네에게 더 잘해주지 못한 걸 후회한다네. 후회에 후회를 거듭한 나머지 자다가도 그 후회에 잠에서 벌떡 일어날 정도지!"

"제 탓이 아니에요! 제가 벌인 일이 아니었어요… 제 아버지가… 그자는… 조금 더 잘 살고 싶었죠… 그래서 사업을…"

"제럴드 양, 아버지를 그자라고 부르다니! 예의범절은 어디에 두고 왔나! 그럼 못쓰네."

"아뇨, 스승님은 제게 아버지를 뭐라 부르라고 이래라저래라 명령할 자격이 없으세요! 이 고통스런 인생을 산 사람은 스승님이 아니라 저니깐요! 어쨌든 그자가 내 인생을 망쳤어요. 되지도 않은 능력으로 사업을 벌였고 그 사업이 우리 집을 몰락시켰어요. 무너져 내리는 초가삼간 같던 우리 집을… 그마저도 모두 불에 휩싸였죠… 그때부터 그자는 미쳤어요. 그만 미쳐버렸어요! 싸구려 술을 달고 살았고, 담배를 하루에 한 갑은 더 피웠죠! 그리고… 그리고… 아…!”

“제럴드 양, 진정하게. 제럴드 양이 지원금으로 고등학교를 마친 걸 난 알고 있었네. 그리고 난 제럴드 양의 이야기를 더 들어줄 준비가 되어있어! 어때, 마음이 한결 든든하지 않나!”

“네…? 아뇨… 아니… 하여튼… 그자가 어느 날은 제게 왜 밥을 지어놓지 않았냐며, 왜 청소를 해 놓지 않았냐며, 빨래를 왜 미리 해 두지 않았냐며… 갑자기 도끼를 들고 오더니 집안의 모든 가구를 부숴 버렸어요. 그리고 제가… 제가 모은 대학 등록금을 가지고 달아났어요… 나의 희망이 그 돈에 있었는데… 그 돈으로 저는 남들처럼 살고 싶었어요… 책을 끼고 친구들과 길거리를 걸으며 봄에 피는 꽃을 만끽하고 싶었고, 어리석지만 귀여운 남자들과 사랑을 속삭여보고 싶었고, 친구들과 합심해서 대단하지 않은 뭔가 이뤄보고 싶었고, 하고 싶은 공부만 하고 싶었어요. 그런데 모든 게 그자의 도피와 함께 증발되었어요. 저는… 어머니를 모시고… 어머니를 모셔야 해서… 아! 불쌍한 우리 어머니! 저는 제 젊음을 팔지 않으면 안 되었어요… 손은 거칠어지고 입술 끝은 틈만 나면 찢어져 피가 났어요… 살기 위해 화장한 웃음을 팔았어요… 내가 웃지 않으면 나를 고용해 주는 곳은 아무 데도 없었어요… 그게 어떤 기분인지 상상이… 상상이나 해봤나요?"

"이런! 세상에! 제럴드 양! 이보다 끔찍한 이야기는 내 살다 살다 들어본 적이 없네. 아니, 왜 진작 말하지 않았어!"

"스승님, 제가 스승님께 말씀드렸다고 해도 그자가 남긴 빚하며 하루 생활비, 집세를 스승님은 해결해 줄 수 없었을 거에요. 그러니까 함부로 동정하지 마세요. 이해하는 척하지 마시라고요…… 그 모든 걸 해결해야 할 미래를 위해 제가 학교에서 배운 게 도대체 뭐가 있죠? 아! 더하기 빼기? 전쟁의 역사? 동굴이 뭐 어쩌고 하는 도덕 과목? 스승님, 도대체 저에게 뭘 가르치셨죠? 그 지식들은 제가 살아가는 데! 하다못해 하루 생활비를 버는 데 쓸모가 하나도 없었어요! 세상에! 그 시간에 차라리 바느질을 배웠어야 했어. 목수가 되었어야 했어…! 제 젊음은 담보 잡혔어요… 스승님… 그래도 부탁인데… 제발… 저를 도와주세요…"

"제럴드 양, 듣는 내 마음이 다 아프네… 그러나 제럴드 양, 그 나이 때 모두 힘든 시기를 겪기 마련이야! 제럴드 양만 그렇지 않아. 나도 제럴드 양 나이에 부모님이 돌아가셨어. 아직도 생생하네… 대학교 관악대에 들어갔다고 기뻐한 날 부모님이 사고로 돌아가셨지…"

"부모님이 좋은 분이셨나 봐요, 스승님. 부모님과 좋은 추억이 많으셨나 봐요."

"그렇지… 그 아름다운 나날들이 다신 오지 않는다고 생각하면 억장이 무너져 내릴 것 같…"

"스승님은 그렇게 곱씹을 수 있는 추억이 많아 좋으시겠어요."

"제럴드 양! 아니! 그 예의 바르고 고운 말만 하던 제럴드 양은 어디 갔나!"

"스승님, 스승님은 지금 부모님과 행복했던 추억이 일말도 없는 제자에게 무슨 말을 하고 계신 건지 아시나요? 스승님은 동정은 무슨 연민조차도 하지 못 하시네요. 저는 그자에게 살인 협박을 받았어요, 학교 다니는 내내! 나는 그것도 숨기고 학교를 다녀야 했어요… 그자 때문에 저의 젊음은 엉망이 되었고 청춘은 발목 잡혔다고요. 스승님은 부모님 덕분에 좋은 교육을 받았고 좋은 기회를 얻었고 하다못해 보험금으로 학비와 생활비 걱정까지 덜으셨죠! 그래요… 부모님께서 그렇게 갑작스럽게 돌아가셔서 슬프셨겠죠… 고통스러우셨겠죠… 하지만 그 고통을 하루에 몇 번이나 느끼세요? 저는 숨을 내뱉는데도 숨이 조여와요… 사는 게… 그저 사는 게 고통이에요! 흑… 저는… 흑… 흑… 스승님이 누린 모든… 놀랍도록 반짝이는 젊음과 청춘 전부 누리지 못했어요. 저는 아직도 기억해요, 스승님이 대학 때 만났다는 첫사랑 이야기, 대학 동지와 함께 조정 경기에서 우승했던 이야기,

학사모를 쓰고 대학원 진학과 기업 입사를 동시에 권유 받았다는 이야기 전부! 스승님은 부모의 손실로 인해 슬퍼하셨어도 그로부터 비롯된 기쁨과 혜택은 다 누리셨잖아요. 그런데 제가 누린 건, 아니, 누리고 있는 건 뭐죠? 고통? 살해 협박? 불안? 스승님은 이런 걸 겪어 보신 적이 있으신가요?"

"제럴드 양, 자네는 지금 내일이면 있을 학회에 필요한 준비에 여념이 없는 스승과 대화를 하고 있다는 사실을 잊지 말게. 내일은 정말 중요한 날이네. 그럼에도 불구하고 난 자네에게 시간을 쏟고 있는 거야. 그러니까 예의를 갖춰. 제럴드 양, 자네는 아직 젊어. 앞이 창창해! 그 점을 생각하면 조금은 마음이 가벼워지지 않나?"

"같잖은 위로 그만하세요. 앞날에 생활비 걱정과 살해 협박에서 벗어날 수 있는 장담을 어떻게 그런 순진한 생각에서… 맙소사! 내가 이런 사람을 스승으로 모시고 살았다니! 당신을 스승이라고 생각했다니! 교수님, 그럼 내일 학회 부디 잘 끝내시길. 다시는 연락 드리지 않겠습니다."

"이런! 제럴드 양! 난 자네를 도와줄 수 있어!"

"어떻게요? 저 대신 경찰에 신고라도 해줄 수 있나요? 하면? 변호사 고용비라도 대줄 수 있나요?"

"제럴드 양이 다닐 수 있는 학교를 찾아주겠네."

"교수님, 제가 학교에 다니느라 공부하고 과제를 하면 불쌍한 제 어머니는 누가 돌보죠? 생활비는? 집세는? 그걸 다

내주실 의향은 있으시고요? 공부하려면 시간과 돈이 필요하죠."

"제럴드 양, 방법은 찾으면 다 나온다네."

"교수님, 그럼 진작 그러셨야죠. 그렇게 간단하게 해결될 문제면 진작 그러셨어야죠… 교수님은… 아니, 선생님께서는 힘 있는 어른이셨고 저는 힘 없는 학생이었어요… 청소년이었어요… 제가 고등학교를 다닐 때, 한 번이라도 저희 집에 가정방문 오셨어야죠… 흑… 그날 오셨더라면… 그날 오셨더라면…! 그자가 도끼를 들고 설쳐 대지 않았을지도 몰라요… 이렇게 빗나간 우연이 모든 걸 그르친답니다… 기회는 이미 지나갔고, 같은 기회는 다시는 오지 않아요. 교수님이 더 잘 아시겠죠, 저처럼 젊었다면서요, 청춘이었다면서요!"

"제럴드 양, 미안하네, 미안해. 그렇지만 난 바빴어. 신경 쓸 학생이 너무 많았어."

"저보다 성적이 뛰어나고 집안에 아무 문제가 없는 학생들이었죠. 그렇지만 교수님, 특출한 학생만 학생이 아니랍니다. 특출하지 않아도 노력하는 학생도, 그 학생에게도 너무나도 여리고 소중한 꿈이 있었어요. 잘나지 않은 학생도 잘난 꿈을 꿀 권리가 있었다고요."

"제럴드 양, 미안하네. 자네 상황을 내가 진작 알았더라면 도와줄 수 있었을 걸세."

"교수님… 꼭 비루한 현실이어야만 평범한 학생을 도울

의향이신가요…? 제가 제 입으로 저의 이 거지 같은 집안 상황을 말하지 않았어도… 꼭 상위권 학생들만 도와줬어야 하셨나요…? 교수님… 아니, 선생님! 선생님이 교수가 될 수 있었던 건… 제가 모를 줄 아셨어요? 그 아이들에게 힘 실어 주면서 선생님도 교수가 될 자격을 얻었다는 걸…"

"말도 안되는 소리 말게나! 내가 교수가 될 수 있었던 건 오로지 내 능력 덕이었어! 어디서 감히…!"

"선생님… 저 선생님이 그 아이들의 부모와 나눴던 대화를 들었어요… 그럴 의도는 없었어요… 차라리 듣지 않았다면 좋았을 텐데... 그날 제가 궁금한 게 있어서 찾아갔는데… 선생님이 그때 연구실 옆 교실에서… 말씀하시던 걸 들었어요… 시험지 하며… 과제 하며… 추천서… 흑… 흐윽… 흑… 선생님, 시험에 출제됐던 것들은… 제 힘으로 배울 수 없던 것들이었어요… 저뿐만 아니라 가정교사가 없는 학생들은 배울 수 없던 것들이었다고요."

"제럴드 양, 미안하네… 내가… 어쩔 수 없었어… 나에게도 제럴드 양이 그랬던 것처럼 사정이 있었네… 지금이라도 내가 도울 수 있도록 해 주게…"

"그 사과가 과거를 바꿀 수 있는지 모르겠습니다. 저 말고도 여러 학생들이 피해를 입었으니까요. 그리고 선생님께선 저를 안타까워하시지만 안타까움만으로는 선생님이 생각하는 도움은 될 수 없어요. 다신 연락 드릴 일 없을 테니 안심하세요. 일말의 도움을 기대한 제가 멍청했어요. 어리석었습니다. 몹시도 어리석었습니다."

제이드의 눈에서는 이제 눈물이 더 이상 흐르지 않았다. 대신 입술을 너무 꽉 깨물어 입술에서 피가 맺혔다. 제이드는 그것도 모른 채 급히 번호를 찾았다.

3.

"여보세요? 누구세요?"

"안녕하세요? 너무 늦은 밤 연락 드려 죄송합니다."

"누구시냐고 물었어요."

"아, 죄송해요. 사실 내일 아침 일찍 연락드릴 수 있었지만 제가 급해서 실례를 무릅쓰고 연락드렸습니다. 오디션 결과에 대해 알 수 있을까요?"

"내일 공지가 나가는 걸 알고 계신다면서요."

"네… 네… 그렇죠… 그렇지만… 내일 제가 연락을… 공지를 못 볼 수 있을 것 같아서요…! 사… 사아… 사실… 음… 제가 다른 디렉터 분한테… 음… 캐스팅 제의를 받았거든요! 그분이 제가 너무 마음에 들었다고 하시지 뭐에요! 그래서 내일 아침에 그분께 가야할지 말지 결정을 해야 하는데… 그런데 저는 그전에… 그러니까… 저는 이 오디션이 너무… 절실해서요! 그게 아니라… 저기… 이 작품이 더 좋다는 얘기였어요! 저는 이 오디션이 되면 그분께 가지 않을 작정이에요!"

"아… 다행이네요. 그분께 가세요, 그럼. 저는 이만 끊어야 할 것 같아요. 그럼…"

"저기, 잠시만요. 제가… 제가… 안 됐다는 말씀이세요? 저기, 잠시만요! 저… 제 이름을 안 알려드렸잖아요! 제가 뽑혔을 수 있잖아요! 제 이름은 제이드 가넷 제럴드에요! 확인해주세요!"

"아… 오밤중에 정말 귀찮게 구네. 없다고요! 그런 이름 없다고!"

"그게… 정말인가요? 제대로 확인하신 거 확실한가요?"

"아! 그렇다고! 확인해 볼 필요도 없… 하여튼 댁은 안 됐어요."

"그럴 리가요… 감독님이 저를 보시고 저런 배우가 없다고 하셨잖아요… 당돌한 눈빛과 자연스러운 몸짓, 오묘한 표정… 저를 두고 말씀하셨잖아요…! 저 보고 반짝반짝 빛난다고… 앞이 창창한 배우가 될 거라고… 대중과 평단을 동시에 사로잡을 거라고 말씀하셨잖아요! 기억 안 나세요? 제이드 가넷 제럴드! 이름도 무척 마음에 드신다고 하셨잖아요! 이 배역에 딱이라고 분명 말씀하셨어요! 지금 전화 받는 분이 그 자리에 계셨던 분 맞으시죠? 정말 기억이 안 나는 거에요?"

"몰라! 망할 새벽에 전화를 걸어서 도대체 뭐라고 지껄이는 거야! 오… 세상에! 해야 할 일이 산더미라고! 내가 잠을 며칠이나 못 잤는데! 미쳤지, 내가! 전화를 애초에 받는 게 아니었지! 아니지! 애초에 이 미친 년이 나불거리는 얘기를 듣는 내가 돌았지!"

"여보세요? 여보세요? 한 번만! 한 번만 더 확인해주세요! 제발요! 이게 아니면 저는… 더 이상… 아!"

제이드는 가슴을 움켜쥐며 통곡했다. 습기가 예언한 음우가 내리면서 그 호곡 소리는 끝내 묻혔다. 제이드는 자신이 한참을 울었다고 생각했을 때 몸에 남아있는 힘을 전부 끌어 모아 수첩에서 번호를 하나 찾아내 전화를 걸었다.

4.

"여보세요?"

"여보세요? 죄송하지만 잘 안 들려서요. 누구세요?"

"나야, 제이디."

"누구라고요?"

"제이드 가넷 제럴드."

"오! 제이디! 이 야심한 시각에 무슨 일이야? 잠깐만!"

"아… 그래…"

"됐어. 이제 잘 들려! 주변이 너무 시끄러워서 방으로 왔어."

"너야말로 이 시간에 안 자고 뭐하는데?"

"아! 음… 사람들을 불러 놓고 파티를 하고 있었어."

"파티…? 뭐… 좋은 일이라도 있어?"

"아! 있어!"

"혹시 오디션 합격 연락을 받은 거니?"

"오디션? 무슨 오디션?"

"무슨 오디션? 무슨 오디션이라니 무슨 말이야?"

"여보세요? 잠시만. 애들한테 소리 좀 줄이라고 얘기해야겠어. 어휴, 하나도 안 들리네. …… 자기야! 나 통화하고 있거든! 조금만! 소리 좀, 조금만 줄여주라! …… 잠시만, 애들이 못 듣는 모양이야. 아무래도 내가 직접 가서 얘기해야겠어. 잠깐 기다려줄래, 제이디?"

"아… 응, 그래. 기다릴게."

"내가 소리 좀 줄이라고 했잖아! 내 말 안 들려?"

"바보야? 소리를 어떻게 줄여! 자기야말로 무슨 통화를 해? 이 시간에 누가 전화를 해?"

"멜리샤, 네가 잠깐이라도 없으면 여긴 너무 심심하단 말야! 뭐해, 도대체?"

"친구한테 전화가 왔어. 잠깐이면 되는데 그걸 못 참는단 말야?"

"멜, 우리가 모르는 친구가 있어?"

"제이디야. 제이디! 제이드 가넷 제럴드 몰라? 지난번에 나랑 같이 오디션 본 친구!"

"누구? 난 모르겠다."

"제이드… 제이드… 가넷… 아! 그때 너 옆에 있었던 그 아가씨? 이름까지 얘기했었어?"

"자긴 정말 기억력이 형편없어! 그래서 내가 더 좋아하는 거지만! 그 가는 팔다리와 검은 눈동자, 기억 안 나? 눈동자가 예쁘네, 팔다리가 우아하네, 이건 자기가 직접 말한 거잖아! 가만… 내 기억력 정말 좋잖아?"

"응? 내가? 내가 자기 아닌 다른 여자한테 눈길 준 거 봤어?"

"못 봤지, 당연히! 하지만 자기는 매너가 좋잖아. 말도 예쁘게 하고!"

"아, 난 그 아가씨 기억나! 꽤 예쁘장하지 않았어? 그 골격에 그런 느낌이 참 드물단 말야."

"장난해? 뼈가 다 드러나 보일 정도로 말랐잖아! 너무 징그럽더라. 나도 마른 몸매는 좋아하지만… 멜리샤, 너 정도가 딱 좋지! 그 몸으로 무슨 힘이 나서 대사를 읊겠어? 그러고 보니까 목소리에 힘아리가 없더라니. 그나저나 걔는 그때 너랑 같이 본 오디션 합격했어?"

"아니? 하필이면 나랑 같은 배역 오디션이었지 뭐야. 딱 해라!"

"그 배역은 자기 아니면 누가 해? 딱 봐도, 이 술을 다 마시고 봐도 자기가 그 배역에 딱이라고!"

"에이, 아니야. 운이 좋았어. 그 술 좀 그만 마셔! 그거 다 마시면 날 알아보지도 못할 걸! 그런데 마음이 안 좋긴 했어. 또 하필 오디션장 안으로 같이 들어가서 연기했거든. 나는 내가 뽑힐 줄 몰랐지!"

"심사위원이 자기의 재능을 못 알아봤을 리가 없지! 그 배역에 자기가 아니면 그 영화는 망했을 거야!"

"그래! 멜! 그 영화에서 넌 정말 대단했어! 너 아니면 누가 해? 사랑스럽고, 또 사랑받아 본 티가 팍팍 나더라고. 정말 예뻤어."

"정말? 너도 그렇게 생각해? 물론 열심히 하긴 했는데, 선배들이 그냥 으레 하는 말인 줄 알았거든."

"멜리샤, 넌 바보야! 그 평론가 있잖아, 이름이 뭐더라? 하튼 그 유명한 평론가가 넌 100년에 한번 나올까 말까 한 잠재력을 지니고 있다고 했어! 칭찬에 까다롭다던 그 까칠한 평론가 말야!"

"플린, 넌 정말이지… 재간둥이야!"

"냇, 내 말이 틀려?"

"아니! 전혀! 그 배역을 아까 네가 말한 그 아가씨… 이름이 뭐라고 했지?"

"제이디?"

"제이디?"

"아, 제이드 가넷 제럴드."

"하여튼 그 여자가 했으면 영화의 전반적인 분위기를 다 망쳤을 거야. 그 배역은 생기가 넘쳐야 한다고! 그런데 그때 봤을 때 그 여자는 뭐랄까… 세상의 종말이라도 본 듯한 표정을 하고 있었어."

"그건 긴장되고 불안해서 그렇지. 너네 말이 너무 심해."

"역시 너희들은 영화를 볼 줄 알아. 자기는 너무 착하고. 나도 얘네들의 말에 동의하는 바야. 난 자기가 그 여자와 친구 하는 게 참 신기하더라. 그런 여자와 왜 굳이 친구를 해?"

"멜, 내가 충고하는데, 이런! 이렇게 말하니까 내가 무슨 원로 감독 같잖아! 웃긴 걸! 다음 배역을 위해서라면 그런 여자와 보낼 시간이 있어서는 곤란해. 감독, 시나리오 작가, 투자자, 제작자 네가 눈도장 찍어야 할 중요한 사람이 한둘이 아니라고. 가능성에 두고 너를 투자해야지."

"어머, 굳이 그렇게까지 해야해? 너무 질척대는 것 같잖아."

"이봐, 우리 자기는 그렇게까지 안 해도 이미 배역 제의가 물밀듯이 들어오고 있다고. 너야말로 우리 자기를 너무 낮잡아 보는군!"

"세상에, 자기는 너무 예민해! 다 나 잘 되라고 하는 말들이잖아. 너희들이 무슨 말을 하는지 잘 알아. 그런데 우리 자기 말도 사실이야! 노력 같은 거 안 해도 이미 계약 맺은 배역도 있어! 이번 영화 제작 규모 말야, 너네들이 들으면 깜짝 놀랄 걸? 그뿐만이 아니라고. 내 상대역은…"

"쉿! 자기야, 그걸 다 알려주면 안되지. 비밀은 지키라고 감독이 그랬잖아. 그새 잊은 거야?"

"자네야말로 그걸 어떻게 알고 있는 거지?"

"너 얘 매니저까지 하는 거야?"

"이봐, 다들 진정해. 나는 미래에 투자했어! 이 빛나는 미래가 보이지 않아? 이 역사가 보이지 않냐고! 우리 자기는 앞으로 영화 역사상 가장 위대한 배우가 될 거야!"

"멜, 그럼 저번에 보겠다던 오디션은 보러 안 간 거네?"

"오디션? 아! 어머나, 세상에! 내 정신 좀 봐! 오디션 하니까 무슨 오디션인지 생각났어! 그걸 보러 왜 가? 이미 기회가 와 있는데. 어쨌든 그 오디션 얘기하려고 전화 온 거 같은데 너네 때문에 까마귀 고기를 먹었잖아!"

"전화 온 거 보니 뻔하네. 그 여자 어지간히 불안한가 봐."

"가엽기도 해라. 빨리 딴 길을 찾는 게 빠를 거 같은데. 재능도 없어 보이고 그렇다고 매력이 있기를 해?"

"냇, 넌 정말, 가끔 보면 너무 매몰차!"

"너야말로 몇 번이나 만났다고 제이디, 제이디 하는 거야?"

"냇, 우리 자기가 그만큼 붙임성 좋은 걸 모르겠어?"

“그만해, 그만! 나 전화 좀 끊고 올 테니까, 너무 오래 기다리게 했어. 소리 잠깐만 줄여줘, 알았지?”

“1분이다! 1분 안에 안 오면 소리 더 키울거야! 누군지도 모를 여자 때문에 우리가 왜 음악 소리를 줄여야 해! 이 음악이 얼마나 좋은지 넌 안 들려?”

“들리지! 하지만 예의라는 게 있잖아. ……. 쉿! 여보세요? 제이디? 들려?”

“여보세요?”

“여보세요? 제이디, 들려?”

“응, 너무 잘 들렸어. 너무.”

제이드는 한동안 멍하니 빗방울이 대지를 야비하게 마구 짓밟는 모습을 지켜보기만 했다. 빗방울이 대지에 충돌하는 찰나, 제이드는 빛을 보았다. 제이드는 이번에는 수첩도 보지 않고 다급하게 바로 번호를 눌러 전화를 걸었다.

5.

“여보세요?”

“여보세요? 누구세요?”

“나야, 제이드. 그새 내 목소리를 잊은 거야?”

“제이! 무슨 일이야? 이 시간에 전화를 다하고 웬일이야?”

"음… 아니… 꼭 별일 있어야해? 그냥 오랜만에 전화해서 안부 정도는 물을 수 있잖아."

"뭐… 그렇지… 내 말은 시간이 너무 늦었으니까 하는 소리야."

"늦었다니? 우리의 밤은 원래 길었잖아. 이 시간대에 전화를 하든 길을 싸돌아다녔든 이 시간대가 우리에게 늦은 적은 없었어. 클럽이 쉬는 날, 우리 몰래 클럽으로 기어 들어가서 네가 색소폰을 밤새 연주하면 내가 그 옆에서 춤을 췄잖아. 그렇게… 즐거웠잖아. 밤이 영원한 것처럼 놀았잖아. 그런데 갑자기 밤이 늦었다니… 너답지 않게 왜 그래? 새삼스레 왜 그러는 거야?"

"뭐… 그땐 그랬지. 그런데 상황이 달라졌어. 나는 이제 회사에 다니잖아. 잊었어? 이 시간에 깨어 있으면 내일 하루 종일 회사에서 졸고 말 걸? 안 그래도 사장이 나를 탐탁치 않게 여기는데."

"목소리가 너무 듣고 싶었어. 그뿐이야. 그냥 네 목소리를 들으면… 들으면 말야… 휴…"

"제이, 무슨 일 있었어?"

"아까 파티에 다녀왔거든. 그런데… 가지 말았어야 했나봐. 이렇게 고통스러울 줄 알았으면… 마틴… 내가 왜 그랬을까…"

"그러게. 왜 갔어."

"마틴! 성의 좀 담아서 말해! 아까부터 왜 그래?"

"졸려서 그래. 미안… 오늘도 바빠서 14시간을 일했어."

"내가 미안… 그것도 모르고 내가… 그만 부아가 치밀어서…"

"괜찮아. 나도 잘한 건 없으니까."

"몸은 좀 어때? 그렇게 일하면 몸 상하겠다."

"몸도 몸인데… 영혼이 다 조각나는 것 같아… 내가 아닌 거 같아… 그거 빼면 뭐… 매달 월급 꼬박꼬박 나오지… 그런데 내가 먼저 그만두게 될지 아니면 그전에 잘릴지 모르겠어…"

"적성에 안 맞는 거야?"

"말하자면… 그런 거지."

"요즘도 색소폰 불어?"

"아니. 그럴 시간이 어디 있겠어, 내가… 오늘도 열네 시간을 일했는데. 색소폰 관리하는 데 드는 돈도 돈이고. 시시한 놀이 따위 다 끝났어. 어른이 되어야지. 너도 그만 정신 차려."

"무슨 소리야?"

"아… 아냐. 잊어, 그냥."

"아니! 너야말로 똑바로 얘기해. 처음 전화 받았을 때부터! 아니지, 전에 나 봤을 때부터 나한테 하고 싶은 말 있었잖아. 너는 다 티 나. 내가 모를 줄 알았어? 나한테 하고 싶은 말 있었는데 안 하는 거, 내가 모를 줄 알았냐고!"

"제이, 너는 그냥 재능이 없는 거야. 연기 따위 그만 둬, 이제. 그쯤 했으면 충분히 했어. 네가 지금 어디 꿈 좇을 군번이야? 정신 차려. 엄마 모셔야지. 지금이라도 바느질 공장에 들어가든, 빨래방에 들어가든 하란 말이야."

"내가 재능이 없다고? 마틴. 너 내 연기 좋아했잖아. 갑자기 왜 이러는 거야? 날 모질게 대하는 이유가 뭔데."

"네가 재능이 있었으면 벌써 영화 한 편이라도 찍었어야지."

"그건 재능이랑 상관없는 문제야. 버티면… 시간을 버티면 올 기회라고! 아직 사람들이 날 못 알아보는 거야. 네가 그랬잖아. 어디서든 색소폰을 불고 있으면 사람들은 언젠가 온다고! 네가 직접 겪은 일이잖아."

"아까 파티는 왜 갔어?"

"눈에 들려고. 그래. 눈에 들려고 갔어. 시간을 당겨야 했어… 조금이라도 빨리 영화 출연해서 엄마 조금 더 편안히 모시고 싶었어. 돈도 벌고! 꿈도 이루고! 이게 욕심이라고… 말하지 말아줘. 제발… 나는 그냥 호사(好事)라도 못 누리면… 호사(豪奢)라도 누리고 싶었어… 왜 모른 척해? 너도 나처럼 좋은 옷을 좋아하잖아… 바닷가에서 휴가를 보내고 싶다고 했잖아… 너도 알잖아…"

"좀 알아듣게 말할래, 제이? 넌 항상 어렵게 말해… 쉽게 말해 달라고 내가 도대체 몇 번을 부탁해야 들어줄거니… 하여튼… 성공했어? 그 사람들 눈에 들었어?"

"아니… 그런 곳은 이제 안 가려고."

"무슨 일 있었구나. 너야말로 다 털어놔."

"그러니까… 어느 관계자가… 아니, 사실 관계자인지도 모르겠어. 너도 알잖아, 그런 파티에서는 관계자가 자기 아는 지인의 지인까지 다 초대해서 노는 거… 어쨌든… 그냥 단도직입적으로 말할게. 어떤 놈이 나한테… 아무리 그런 일이 흔하다지만… 애인을 해주면 영화에 출연시켜주겠다고…"

"그래서?"

"'그래서'라니? 너 미쳤어? 내가 왜?"

"너 어차피 연기 시작하게 된 것도… 됐다… 말을 말자. 너 연기에 깊은 뜻이 있어서 시작한 것도 아니잖아."

"무슨 말을 하고 싶은 건데! 돌려 말하지 마! 잠깐만… 너 그때… 설마 여자애들이 수군거린 걸 믿었니?"

"그럼? 왜 나한테 한 번도 솔직하게 얘기한 적이 없었어?"

"이건 내가 해명해야 할 문제가 아니야! 네가 날 믿지 못한 거지!"

"나야말로 단도직입적으로 말할까? 그래, 나 그 애들이 하는 얘기 들었어. 네가 무대에 올라 얼굴 알리고 돈 많은 남자 잡아서…"

"미쳤어! 미쳤구나, 너! 돌았어! 단단히 돌았어!"

"그럼 뭔데! 얘기해!"

"내가 무대에 오른 건 원래 무대에 올랐어야 했던 배우가 도망가서야! 극장 지배인이 내가 그 연극의 모든 대사를 외운 걸 알고 있었다고!"

"그 지배인이 그걸 어떻게 알았는데?"

"너… 내가 정말… 그런 더러운 짓거리를 했다고… 정말 믿는 거 아니겠지?"

"제이, 나도 믿고 싶지 않아. 그런데… 상황이 딱 들어맞잖아."

"그 지배인이 내가 청소하면서 대사를 외우는 걸 몇 개월을 지켜봤을 뿐이야!"

"그러니까! 그 지배인이 널 왜 지켜봤겠냐고!"

"맹세코! 난 더러운 짓거리를 한 적이 없어! 그리고 그 지배인이 그럴 사람이 아니라는 걸 네가 모른다고? 너도 나랑 같이 지배인과 그의 아내와 몇 번 식사했잖아. 그 지배인이 얼마나 바른 사람인지 너도 알잖아! 그리고! 확실히 말해 두는데, 그 애들이야말로 재능이 없던 거지! 청소나 하던 내가! 서빙이나 하던 내가! 그 무대의 주인공이 되니까 그 애들이 질투한 거야! 날 음모한 거라고! 왜 나를 못 믿어! 왜! 네가 그러면 안 되지… 마틴… 네가 나의 가장 친한 친구잖아…"

"미안해."

"아니! 두고두고 기억해! 네 친한 친구를 모욕한 거… 살면서 두고두고 기억해!"

"미안하다고 하면 받아주면 안돼?"

"이게 어떻게 미안하다고 하면 해결될 문제지? 하! 그동안 내가 더럽다고 생각하면서 날 어떻게 만났어?"

"나도 널 믿고 싶었어."

"웃기지 마. 너도 똑같아. 그 애들이랑 똑같아. 너도 날 질투하는 거야. 내가 꿈을 향해 가니까 질투하는 거잖아. 재능, 이딴 거 상관 안하고 연습에 노력을 기하니까! 실패해도 또 도전하니까! 나는 무슨 일이 생겨도 도망 안 가니까! 하루 굶어도 그 굶주림에 굴하지 않으니까! 내가 도대체 몇 번을 말해! 너 색소폰에 재능 분명히 있어! 너도 알잖아! 그런데 네가 그냥 두려운 거잖아! 실패를 겪길 두려워하는 거잖아! 그래서 도망간 거잖아! 연습하는 게 싫어서! 거절당하는 게 무서워서!"

"제이… 예술이 밥 먹여주는 게 아냐."

"아니! 그렇지 않을 수 있다는 거 이미 알면서 왜 그래? 우리에겐 시간이 필요할 뿐이야. 다시 돌아와. 마틴… 다시 돌아와서 연주해… 네가 연주하고 내가 그 옆에서 춤을 추는 걸 기획하면 클럽 사장도 설득시킬…"

"제이! 정신 차려!"

"아니! 너야말로 정신 차려! 그 사람들을 비난한 건 네가 먼저야! 앞뒤가 꽉 막힌 곳에 앉아서 종이쪼가리만 보고 세상이 바뀐다고 믿는 바보들이라고! 그런데… 오… 이게 뭐야? 네가 그 사람들이네? 인정하니?"

"색소폰을 몇 시간 불어도! 지금 버는 돈의 10분의 1도 벌지 못해! 발톱의 때만큼도 못 번다고!"

"아니. 너는 단 한 번도 돈, 돈, 돈 노래를 부른 적이 없었어. 대신 네가 유일하게 징징거렸던 순간은… 색소폰 소리가 네가 바라는 만큼 나오지 않는다고 좌절했던 시기였어… 그런데 모든 예술가들이 그래! 그런 고초를 겪어! 나도 그래! 너도 봤잖아, 내가 대사 한 줄에 몇 시간을 연습했던 모습을 봤잖아! 밤새 연습하고 커피를 목구멍에 들이붓고 일하러 가는 거, 너도 봤잖아! 모든 예술가들이 가난이든 좌절이든 겪어! 하지만 극복해내면 그냥 또 하나의 언덕에 불과하다는 걸 알잖아! 우리… 우리가 존경하는 예술가들의 이야기를 알고 있잖아. 그 사람들처럼… 우리도… 우리의 시간을 겪고 있는 거야. 다 거쳐야 할 과정이라고! 이 과정만 거치면 숨통이 조금은 트일 거야! 이게 세상에서 예술가가 살아가는 이론이라고 네가 알려줬잖아…"

"제이… 제이드… 풋내기들의 놀이는 끝난 지 오래야. 나 지금 행복해. 그래! 그 사람들도 바보고 나도 바보야! 그런데… 월세 걱정 안 하고, 내가 사고 싶은 옷 사고, 먹고 싶은 거 마음껏 먹는 게 이렇게까지 행복할 줄 몰랐어… 나도 그냥 남들처럼 평범하게 살고 싶어… 예술만 버리면 돼! 예술만 버리면 네가 그토록 바라는 가족들도 네가 만들 수 있어! 남편과 아기! 어머니도 얼마나 좋아하실지 생각해 봐! 굶주리지도 않고 따뜻한 집에서 자고 일어날 수 있어."

"마틴… 내가 가족이랑 가정을 말하는 게 아니라는 거 알잖아. 너는 지금 행복한 게 아니야… 너의 그 세속적 허기와 갈증…"

"알아듣게 좀 말해!"

"겉치레라고! 예술하면서 남들처럼 사는 게 왜 불가능해! 예술가들은 가족이 없었어? 집이 없었대? 가족이랑 가정, 심지어 그 이상의 것들까지 챙기면서 사는 예술가들 얼마나 많은데!"

"나는… 색소폰을 불면서… 사랑받은 적 없었어… 너는 몰라…"

"그래서 지금은 있고? 사랑 받는다고?"

"결혼할 사람이 있어. 좋더라… 안정감이 좋더라… 좋은 사람이야…"

"나는 네가 색소폰을 부는 게 좋았어! 여기 있잖아! 네가 색소폰 부는 걸 찬성하고 환영하고 사랑하는 사람! 아직도 여기 있어… 마틴… 그러니까…"

“내가 바라는 사랑이! 너한테 바랬던 사랑이! 그 사랑이 아니라는 걸 왜 몰라!”

“마틴… 내가 왜 몰랐을 거 같아…?”

“너 알면서도…”

“우정이 깨지는 게 싫었어… 사랑은 떠나도 우정은 떠나는 게 싫었어…”

“네가 미워. 널 만났던 그 스무 살의 날 증오해. 너한테 말을 걸지 말았어야 했어.”

“마틴… 우리는… 네가 바라는 관계가 될 수 없어…”

“다시는 나한테 연락하지 말아줘. 그리고 나 몇 시간 뒤면 출근해야 해.”

제이드의 눈엔 눈물이 고였다. 비는 서서히 잦아들고 있었고 부스 안에서 바라보는 바깥 세상은 얼룩덜룩했다. 제이드는 눈물이 떨어지지 않도록, 다시 눈으로 흡수되도록 고개를 들었다. 제이드의 눈은 실핏줄이 다 터져 이미 빨갰다. 고개를 빳빳이 세우자 전화부스의 어스름한 꼬마전구 속 필라멘트가 보였다. 제이드는 이번에도 수첩을 보지 않고 직접 번호를 눌렀다. 다시 한번 수화기를 절실히 잡았다.

6.

“여보세요?”

"맙소사! 지금이 몇 시인 줄 아세요? 누구시죠?"

"샐리! 저에요! 제이드!"

"오, 제이드, 놀랐잖아. 아니… 이렇게 이른 시간에 전화를 하다니! 무슨 일이야? 아니… 그전에… 네 전화 때문에 아기가 깨는 줄 알았잖아!"

"미안해요. 고의는 아니었어요! 저에게도 계획에 없던 전화에요."

"다행히 아기는 안 깼어. 무슨 일이니?"

"혹시 아기를 낳은 거에요? 축하해요! 아기가 언제 태어난 거에요?"

"태어난 지 3개월은 넘었어. 아기 때문에 밤낮이 바뀌었어. 지금도 깨서 젖을 물려 겨우 재웠는데 네가 깨울 뻔했어."

"미안해요."

"뭐… 그래도 아기 때문에 깨어 있어서 네 전화를 받고 네 목소리를 듣는 거지!"

"그럼… 언니… 극단을 떠난 거에요?"

"아. 응."

"언제요? 그나저나…"

"제이드, 극단은 깨졌어."

"네? 언니… 그게 무슨 말이에요… 극단이 깨지다뇨…"

"네가 영화 오디션을 보러 다닌다고 극단을 나가고 나서 얼마 안 되어서 클럽에 손님이 끊겨 해산했어… 애초에… 너처럼 잘하는 애도 없었고… 열정 있는 애도 없었고… 예정된 수순이었지…"

"언니… 언니가 말렸어야죠…"

"제이드, 나도 힘들었어. 극단 운영하는 게 뭐 쉬운 줄 알아?"

"물론 아니죠! 내가 언니 곁에서 다 보았으니까! 그런데 언니는 의지가 강한 사람이잖아요."

"제이드, 나 있잖아, 열정 같은 거, 의지 같은 거 그런 앳된 감정 같은 거 질렸어. 그걸로 돈 문제를 어떻게 이겨내?"

"언니, 우리가 항상 실패만 한 건 아니잖아요. 좋게 평가 받은 극도 있었고… 나름 성과 거둔 극도 있었고…"

"제이드, 그거 그냥 희망고문이야… 너도 내 나이 되면 알게 될 거야. 희망이 밥 먹여주지 않아. 괴로울 뿐이야. 그 괴로움에서 벗어나고 싶었어. 그랬더니 바로 행복해지더라. 남편도 있고, 집도 있고, 아기도 있고…"

"언니, 그러지 말고 우리 다시 사람들 조금이라도 모아서 작은 극 하나 만들어 보는 거 어때요? 주말에만 올리면 돼죠! 주말에만 올린다고 하면 허락해 줄 곳이 있을 수 있잖아요!"

"제이드, 나는 이제 책임져야 할 가족이 있어. 그리고… 이제 꿈에서 깨어나… 네 얘기 들었어. 힘들다며?"

"네, 그래서 언니한테 연락한 거에요. 우리 아직 젊어요. 뭐든 시도할 수 있어요!"

"제이드, 네 말처럼 네가 그렇게 해낼 수 있다고 생각해. 그래, 젊으니까 뭐든 해봐. 실패와 싸늘한 시선에 굴하지 않는 거, 너 잘하잖아."

"언니… 내가 굴복하지 않는 데 능숙하다고 말했어요? 지금?"

"응."

"능숙한 게 아니에요. 그게 다 필요한 시간들이라고 생각하니 넘기는…"

"그래, 그게 잘하는 거야. 어쨌든, 나는 이제 안돼. 꿈 꾸지 않아도 잘 살더라. 너는 아직 해 보고 싶은 게 있으니까 더 버텨봐."

"어떻게… 언니가… 그렇게 간단히 말할 수 있어요? 언니가 그러면 안되는 거잖아요. 저한테 언니가 그럴 순 없어요…"

"미안해. 그런데 나는 지금이 너무 편해."

"편하다고요…"

"밤에는 원래 자야 하는 법이야. 너도 이제 그만 자. 어디서 전화를 거는 건지 모르겠지만. 나는 그만 끊을게. 또 무슨 일 있으면 연락해."

"안녕히 주무세요."

"제이드? 너무 좌절하지 말고 기운 내. 얼마나 좋은 나이야. 난 돌아가고 싶어도 못 가는 나이라고, 이제. 하지만 넌 그런 나이에 살고 있어."

"이 나이가 축복일지 몰라도 이 나이가 떨어진 현실은 지옥이나 다름없어요."

"제이드, 내가 널 위해 기도할게."

제이드는 몸을 오들오들 떨었다. 밤은 야비한 태양 때문에 싸구려 장난감처럼 금이 가고 있었다. 제이드는 눈물과 피가 얼룩진 얼굴을 손으로 닦아냈다. 제이드는 손을 벌벌 떨면서 수첩을 들어 번호를 찾아내 전화를 걸었다.

7.

"여보세요?"

"안녕. 잘 지냈어?"

"아. 혹시 제이드야?"

"응, 나야. 잘 줄 알았는데… 혹시 몰라 전화했는데 전화를 받네?"

"제이드라면 이 시간에 전화를 할 만하지. 어디야?"

"어딘지 몰라도 돼."

"또 그런다."

"너야말로 또 아는 척한다."

"귀엽긴, 하여튼 간에."

"너는 그 입 좀 그만… 됐고, 혹시 집에 남는 방 없을까? 소파라도 괜찮아. 하루라도 괜찮아. 사정이 있어서 그래."

"방이라면 수십 개야. 방이라면 얼마든지 빌려줄 수 있어. 네가 있고 싶은 만큼 있어도 돼. 지금 오게?"

"지금 내가 어떻게 가, 거길. 사정은 내가 이따 낮에 만나서 얘기할게."

"지금 와."

"억지 부리지 마."

"지금 올 수 있잖아, 너. 충분히 올 수 있잖아."

"내가 거길 어떻게 가냐고! 이 시간에! 제발… 그만해. 내가 오죽하면 너한테 전화를 했겠니? 날 더 이상 비참하게 만들지 마."

"제이드, 너야말로 일을 참 어렵게 만들어."

"내가 미쳤니? 친구한테 이러지 말아줬으면 좋겠어."

"내가 널 단순히 친구로만 생각하지 않는다는 걸 알잖아. 내가 널 얼마나 소중하게…"

"닥쳐. 네 착각이야."

"그 입으로 험한 말 하는 거 안 어울려. 그나저나, 그전에 네가 좀 들어줬으면 하는 문제가 있어. 골치가 다 아팠는데 네가 딱 타이밍 좋게 전화를 줬네. 너라면 분명 답을 알 거야. 넌 항상 그랬으니까. 그런데 내가 널 만나는 게 여간 쉬워야지, 안 그래? 아니다, 어차피 이따가 올 거면… 아냐, 내가 데리러 갈까?"

제이드는 수화기를 전화부스의 유리창에 던져버렸다. 유리창 대신 깨진 건 제이드의 웃음소리였다. 제이드는 허파가 다 아프도록 웃어 젖혔다. 그 웃음소리가 몹시도 처절했다. 제이드는 숨을 헐떡이며 수첩에 끼워진 더러운 종이를 꺼내 마지못해 번호를 눌렀다.

8.

"여보세요?"

"네에, 써니사이드 야간 병원입니다."

"네, 낮에 저한테 연락이 왔다는 얘길 들었어요. 늦게 전화 드려 죄송합니다."

"아, 혹시 제럴드 씨 딸이에요?"

"네, 맞아요. 아빠에게 무슨 일이 있나요? 그곳은 어디죠?"

"어휴, 아버님께서 참 멀리도 오셨군요."

"아빠가 지금 어디 사는지 몰라요. 죄송하지만, 제 번호는 어떻게 아셨죠?"

"인적사항에 적힌 걸 찾았어요."

"그 번호가 저를 용케도 찾았군요. 어쨌거나 무슨 일이 있나요?"

"아버지께서 오늘 밤에…"

"끝까지 말씀 안 하셔도 됩니다."

"유감입니다. 편히 눈을 감으셨어요."

"'편히'요? 세상에…"

"네에?"

"그 사람이 편히 죽으면 안되죠. 그 사람이 편히 죽으면 안된다고요! 흐흐흑… 그러면 안돼요… 그럴 순 없어요… 흑…"

"저기… 따님? 그… 저기…"

"죽기 전에 남긴 말은 없나요? 혹시?"

"사실 잘 모르겠어요. 혼수상태 이전에 뭐라도 말씀하셨을 수도 있는데 돌아가시기 직전에는 뭔가 말을 꺼낼 수 있는 상태가 아니셨어요."

"적어도 나에게 '미안했다' 한 마디만 했어도… 나는… 흐흐흑… 흑… 아…!"

"저기… 저희가 따님께 연락을 드린 건 따님께서 처리해주셔야 할 절차가 있는데…"

제이드는 수화기를 내려 놓았다. 밤은 이제 갈래갈래 찢어지고 있었다. 그러나 이 밤이 결렬되는 까닭이 밤이 너무 많은 걸 껴안으려고 해서인지, 그렇지 않으면 세상이 날을 세우고 있어서인지 알 수 있는 방도가 없었다. 제이드는 눈을 감았다. 눈을 감은 채로 번호를 눌렀다.

9.

"여보세요?"

"큼! 크흠! 여… 여보세요?"

"오빠? 오빠? 괜찮아?"

"아… 제이드구나. 누가 이 새벽에 전화하나 했어. 너 때문에 이 집에 사는 사람들 모조리 다 일어났어."

"미안… 미처 고려 못해서 미안해. 목소리가 왜 그래? 괜찮아?"

"괜찮아… 자다 일어난 지 얼마 안 되어서 목이 잠깐 잠긴 거야. 그나저나 이 전화는 뭐야? 갑자기 이모를 맡기더니… 아, 오늘 몇 시에 모시고 갈 건지 전화한 거니? 그런데 이렇게 일찍?"

"오빠… 그 얘기를 좀 하려고 전화했는데… 엄마는 좀 어때?"

"이모는 괜찮으셔. 우리가 의사를 불러다가 치료도 했고… 약이랑 끼니도 챙겨 드렸어."

"아, 정말? 고마워… 의사 선생님이 뭐라…"

"제이드, 이모 말야, 많이 마르셨더라…"

"어쩔 수 없지…"

"너는 괜찮은 거야?"

"…… 아니, 나는 안 괜찮아."

"휴우… 제이드, 가족들이 걱정해. 아니, 몇 년 만에 나타나서는 이모나 너나 꼴이 말이 아닌 건 물론이고… 제이드, 도대체 무슨 일이 있었던 거야? 오빠한테라도 얘기해 봐."

"오빠한테라도 얘기하라고?"

"응, 오빠는 아무것도 모르잖아."

"아빠가 집을 나가버리고 엄마는 앓아 누웠어. 내가 무슨 일을 해서라도 돈을 벌어야 했고, 난 그 와중에도 내 꿈을 발견했어. 그리고 꿈을 이루려고 백방으로 노력했어. 그런데 이젠… 나도 모르겠어… 아니, 당분간은 잘 모르는 걸지도 몰라… 그래서 말인데, 오빠, 엄마를 좀…"

"이모부께서 집을 나가셨다고? 왜?"

"오빠, 그것도 몰라? 그것도 몰랐어? 집에서… 아무도 오빠한테 얘기를 안 했어?"

"왜 진작 말하지 않았니?"

"나는 말했어. 진작 말했다고."

"언제? 기억 안 나는데?"

"나는 말했어."

"그만 좀 우겨! 너는 그 고집 좀 고쳐야 돼! 나이가 몇 살인데!"

"언제 말했냐고? 오빠, 오빠가 유학 간다고 온 집안이 떠들석했던 아흔아홉 번째 가족 모임에서 오빠한테 얘기했어! 저녁을 먹고 뒤뜰에서 오빠한테 얘기했잖아! 아빠가 집에서 나갔고 엄마는 앓아 누워서 도저히 뭘 어떻게 해야 할지 모르겠다고! 나로선… 그냥 학생이었던 나로선… 도저히 어떻게 할 줄 모르겠다고 오빠한테 얘기했어! 날 좀 도와달라고, 눈앞이 깜깜하다고, 아빠가 세간살이를 다 부수고 나갔다고 오빠한테 그날도 울면서! 얘기했어!"

"제이드, 미안해. 그렇지만 나는 기억이 나질 않아."

"나는 말했어. 하지만 내가 말했다는 사실은 잊은 건 내가 아니야. 난 결백해."

"제이드, 미안해."

"미안해? 오빠는 분명 신이 났겠지. 오빠보다 성적이 좋았던 나 대신 유학 가게 되어서 말이야. 유학… 내가 정말로 가고 싶다고 어른들께 그렇게 빌었는데… 오빠가 남자라는 이유로… 오빠가 갔지… 오빠는 그래 봤자 나보다 한 살밖에 더 많아?"

"제이드, 미안해. 어른들 뜻이라서 나로서도 어쩔 수 없었어."

"내가 모든 걸 혼자 짊어질 동안 다들 잘 살았겠지. 늘 그랬던 것처럼 나를… 물고 뜯고 씹었겠지… 난 항상 그런 존재였잖아. 이 대단하신 집안에 나는 천덕꾸러기 신세에 늘 겉돌았어… 나 따위는 아무렇게나 되어도 상관없었던 거야.

집안에서 반대한 남자와 결혼해서 낳은 아이라는 게 그렇게! 수치스러웠어? 아, 오빠는 모르겠지. 오빠는 얼마나 위대하신 가문의 자제 분이야!"

"제이드, 내가 어른들께 잘 얘기해 볼게. 이번에는 네 꿈을 지원해달라는 거 말야. 그래서 네 꿈이 뭐야?"

"배우로 완전히 서고 싶어서 그저께까지 영화 오디션을 보러 다녔어. 그런데 엄마가 위독해졌고… 오디션에서는 연락이 안 와서… 그래서 엄마를 잠깐 외가에 맡긴 거야. 오빠… 혹시… 엄마를 좀 더…"

"제이드! 그런 천박한 직업을! 어쩌다가 그런 길로 빠졌어! 너, 그런 사람 아니잖아! 이런… 세상에… 할머님이 들으시면 자빠지시겠군… 우리 엄마가 들으면 뭐라고 할까?"

"오빠! 오빠가 어떻게 그런 말을 할 수 있어?"

"기껏 해 봤자 글 몇 줄 외워서 읽는 거밖에 더 돼, 그 직업이? 사람들한테 웃음 파는 거밖에 더 되냐고! 연기가 예술이랍시고 반쯤 벗고 사람들 앞에서 키스나 하는! 그런 일을 하겠다고? 아직도 몽상가구나, 제이드! 낭만에 빠져 있어! 넌 사람이 어쩜 그렇게 그대로일 수 있어! 쯧쯧! 제이드, 그러지 말고 집으로 와. 어른들한테는 내가 적당히 말을 꾸며낼 테니깐 어디 자그마한 학교 선생님이라도 될 수 있게 기회를 만들어 볼게. 와서 배우 얘기는 입 밖에도 꺼내지 마. 세상에… 딴따라를 하겠다고 그 세월을 낭비한 거야? 제이드, 내가 이제 무슨 일을 하게 됐는 줄 알아? 이번에…"

"아니, 더 이상 듣고 싶지 않아. 오빠야말로, 아니, 이 집 안 사람들은 정말 바뀌지 않는구나… 엄마는 이따가 내가 모시러 갈게… 내가 어떻게든 모시고 살 거야… 그 집에 신세 지는 일은 없어. 끊어. 잠을 방해해서 미안해."

제이드는 수화기를 힘없이 내려 놓았다. 그리고 눈을 떴다. 제이드의 눈동자는 완벽한 검은색이었다. 제이드는 꿈결 같은 목소리를 저렁거렸다.

10.

"여보세요? 나야, 가넷. 당신 목소리가 너무 듣고 싶어. 당신 목소리를 한 번 더 듣고 싶어. 당신이 나를 가넷이라고 부르는 그 목소리가 이토록 그립게 될 줄 몰랐어. 유일하게 당신만이 나를 가넷이라고 불렀지. 당신이 알고 있는 노래가 생각난다고 말이야.

꿈이 현실에 부딪쳐
파도처럼 부서져도 울지 말아요
그대, 꿈꾸는 그대가 있을 곳은
꿈도 현실도 아닌
델로스(Delos)니깐요
아! 델로스여 우리를 데려가줘요

모두의 꿈이 공기가 되는 곳

모두의 웃음이 음악이 되는 곳

모두의 눈빛이 별빛이 되는 곳

아! 델로스여 우리를 데려가줘요

온 세상이 옥색이 되면

저 멀리서 밤을 끌어안은

검붉은 빛을 타고 이리로 와요

델로스로 와요

질투와 두려움에서 떨어진

델로스로 와요

그대, 델로스로 와요

델로스여, 우리를 데려가 줘요

근심과 불안에서 떨어진

델로스로 와요

델로스로 와요

델로스로 와요.

꿈이 현실이고

현실이 꿈인

델로스로 와요

델로스여, 우리를 데려가 줘요

우리를 데려가 줘요

당신은 지금 어디 있어? 이 노래를 불러주던 당신은 지금 어디 있어? 내가 초연을 펼쳤던 그날 밤, 당신을 처음 보았던 그날 밤으로 다시 돌아가고 싶어. 공연 내내 나만 쳐다보던 당신을 내가 어떻게 잊을 수 있을까? 우리, 서로 이름도 몰랐는데, 무대인사를 할 때 당신이 안 보여서 심장이 어찌나 쿵 내려앉던지! 당신이 장미꽃을 사러 간 줄 누가 알았겠어! 나에게 꽃을 준 사람은 당신이 처음이었어. 우리, 서로 알지도 못했는데, 당신은 대기실까지 와서 나한테 그 꽃을 건네줬지… 한 송이라서 미안하다는 말에 나는 뭐라고 답해야 할지 몰라서 왜 장미꽃을 사왔느냐고 겨우 물었을 때… 당신은 그때도 그랬지… 연기를 하는 나의 눈에서 반짝이는 붉은 빛을 보았다고. 검은 눈동자에서 붉은 빛이 반짝였다고… 그때를 어제처럼 기억해, 나는… 그때 당신에게 말했어야 했던 걸까? 나 사실은 클럽 지배인이 나한테 무대에 오르라고 했던 당시만 해도 그저 청소랑 서빙보다 돈을 더 많이 벌 수 있을 거란 생각에 신이 났었다고, 그렇게 무대에 섰는데 바로 앞에 보이는 초록색과 연두색 사이를 아른거리는 투명한 빛의 눈동자를 본 순간 난 이 사람과 사랑에 빠질 거라고 직감했다고, 그리고 마지막 대사를 읊을 때 당신과 나의 입술의 움직임이 하나인 것도 보았다고… 기억하지? '꼭 한눈에 알아 볼게, 그러니 날 믿어.' 그 순간, 난 나의 모든 현실을 잊었어. 대신 황홀하고 무한한 뭔가를 내 마음 속에서 느꼈어… 살아 있다는 게 이런 느낌이구나… 처음 느꼈어…

나는 당신 때문에 배우가 되어야겠다고 결심했어. 당신 덕분에 난생 처음으로 진짜 꿈을 발견했고 그 꿈을 이루고 싶었어. 그러면 안 되었는데… 꿈이 사치인 걸 알면서도… 그래도 한번 해보고 싶었어… 희망을 믿고 싶었어… 당신이 있어서 나는 잠시나마 인간이었고 여인이었고 연인이었어… 당신이 내 옆에 있어줬던 너무나도 평범했던 날들이 마음에 사무쳐…! 붉은 장미꽃을 들고 나의 연기를 보러 와준 그날들이 멈추지 않길 바랬어… 나에게 대사를 읽어주던 당신의 모습이 아직도 생생해… 연극이 끝나고 난 뒤 텅 빈 클럽에서 나눴던 우리의 전부를 기억해… 그런데 나를 왜 떠난 거야? 물러가는 노을처럼 떠날 거면! 사랑한다고 말하지는 말았어야지… 그러지 말았어야지… 나한테 왜 그랬어? 그래도 나, 당신 없어도 연기했어. 나는 연기도 당신만큼 사랑하니까. 당신을 다시 만날 수 있을 거라고 믿고 당신을 만나게 해줬던 연기를 끝까지 했어… 연기를 하면 난 그 세계 속에서 왕도 되고 학생도 되고 신도 되었어… 그런데 하면 할수록 사랑하게 되는데… 왜 하면 할수록 왜 이리도 고통스러운 걸까? 그래서 나는 자꾸 도전을 할 수밖에 없었어… 꿈을 꾸려면 도전을 해야 했어. 연기도 계속 하고 싶었고… 조금 덜 배고프고, 조금 덜 춥고 싶었고… 엄마의 삶도 챙기고 싶었어… 그리고 영화에 나오게 되면 내가 당신을 못 봐도 당신은 날 볼 수 있을 거라고 생각했는데… 그런데… 아…! 나는… 여기까지인 걸까? 내가 할 수 있는 건 더 이상 없는 걸까? 끝이라고 생각했는데… 끝에서 끝으로, 그 끝에서 끝으로… 나는 어디까지 비참해져야 하는 걸까? 당신이라면… 내가 이제 어떻게 해야 하는지 알고 있을 거 같은데… 당신, 지금 어디야? 나를 가넷이라고 부르던 당신은 지금 어디 있는 거야? 나에게 꿈을 남기고 떠난 당신은 지금 어디 있어? 혹시 당신이 노래 부르던 델로스에 있어? 나를 좀 데려가줘… 내가 연기하고 당신이 꽃을 건네 주는 그곳에 있어? 아…! 당신이 너무 보고 싶어… 제발 다시 와서 나를 가넷이라고 불러줘…"

밤은 더 이상 존재하지 않는 듯 보였다. 검은색을 제외한 모든 색깔들이 세상을 빈틈없이 차지하고 있었다. 하지만 모든 색은 흐릿하고 불투명했다. 텁텁하고 끈적이는 바람이 불었다. 바다의 너울이 매정하게 일었다. 어디선가 닭이 애처로운 울음을 꼬끼오! 토해냈고, 집 없는 개가 애틋하게 캉캉! 짖었다. 태양도, 달도, 별도 없었다. 가넷은 수평선을 바라보았다. 그럴 수밖에 없었다. 그때 하늘이 온통 옥색으로 사무쳤다. 그 하늘의 변화를 바다가 받아들여 하늘과 바다가 비로소 하나가 되었다. 온누리가 옥색으로 일렁였다. 그 속에서 초승달은 상처 없이 깨끗했다. 별과 꽃이 한날한시에 태어났다. 파랑새와 물고기가 리라 연주에 춤을 췄다. 사슴이 겅중거렸고 토끼가 깡충거렸다. 백조는 애쓰지 않고도 수면 위를 가로질렀고 돌고래는 자유를 만끽하며 재주를 자랑했다. 월계수는 눈이 부시도록 당당했다. 그렇게 모든 만물이 무구하고 영원했다. 숭고하고 고귀했다. 투명하고 진실했다. 온화하고 평온했다. 그 속에선 생명은 감당할 수 있는 것만 기꺼이 감당하고, 사랑하고 싶은 건 마음껏 사랑했다. 또한, 그 누구도, 그 무엇도 쓸데없이 불행하지 않고, 살아있는 모두가 자주적으로 행복했다. 곧바로 저 수평선에서 붉은 태양이 떠올라 가넷이 있는 곳으로 길을 비췄다. 완벽한 검은색 눈동자를 지닌 가넷은 망설임없이 그 속으로 걸어 들어갔다. 태양은 검은 눈동자를 아주 잠시 감았다가 떴다. 한순간의 일이었다. 그러자 하늘은 다시 옅은 푸른색을 띄었고 머지않아 하얀 새털구름이 몰려왔다. 짙푸른 파도는 힘차게 넘실댔고 그 위에서 하얀 갈매기가 명랑하게 노닐었다. 검은색을 제외한 모든 색이 또렷해졌다. 문명은 이 언뜻 평화로워 보이는 정경에 앞서 '델로스의 세계'가 펼쳐졌는지 꿈에도 몰랐다.

세상은 밤을 매몰차게 잘라냈다. 세상에는 날만 남았다.

날은 밤이 있던 적이 없었다는 듯 언제나 익숙하게 시치미를 뗐다. 거대한 숲은 전날보다 울울창창 우거져 있었다.

공기는 제법 맑았다. 천진한 새들은 지저귀었다. 이에 아랑곳 않고 하늬바람이 지나갔다.

단단한 붉은 벽돌 건물로 머리가 희끗한 중년 남성이 가벼운 발걸음으로 들어갔다. 그는 우체통에 꽂힌 우편물을 빼냈다. 우편물을 흘끔흘끔 확인하며 문을 열고 들어서자 간호사가 인사를 했다.

"안녕하세요, 선생님. 좋은 아침이에요."

의사는 고개를 까딱였다.

"신문과 커피를 방으로 좀 갖다 주겠소?"

"네."

의사가 방으로 들어가 커튼을 젖히고 창문을 살짝 열었다. 그 바람에 무게가 거의 없는 먼지가 밤새 가미된 탁한 공기가 바깥으로 누설됐다. 누군가 문을 똑똑 두드렸다.

"들어오시오."

간호사였다. 간호사는 옆구리에 신문을 끼고 두 손으론 커피와 건포도 머핀이 올라와 있는 쟁반을 들고 있었다. 간호사는 쟁반과 신문을 탁자 위에 올려 놓았다.

"조금 피곤해 보이세요."

"피곤한 게 특별한 일은 아니지. 신문에 뭐 특별한 거라도 있던가?"

"잘 모르겠어요. 저는 신문을 받으면 십자말풀이만 해서요. 몇년을 매일같이 읽어도 십자말풀이 외에 딱히 달라질 게 없잖아요."

"하긴. 매일매일 다를 게 뭐가 있겠나."

"환자를 바로 들일까요? 사실 환자가 조금 일찍 도착해서요."

의사는 가운을 입고 신문과 쟁반을 창가 위에 올려 놓았다.

"그러지."

의사가 앉은 책상엔 밤새 쌓인 먼지가 그대로였다.

정원사가 느긋하게 정원의 나무를 다듬고 있었다. 광택이 번질번질하게 도는 흰색 자동차 한 대가 둥근 뜰을 빙 둘러 벽부터 지붕까지 온통 상아색인 주택의 앞에 멈췄다. 한 남자가 운전석 문을 열고 나와 자동차에 살짝 기대 담배를 피웠다. 과거에는 비싸 보였다고 할 법한 짙갈색 정장을 갖춘 남자의 시선은 주택을 마주하고 있는 저 멀리 산의 꼭대기를 향했다. 그러더니 저 꼭대기에 무엇이 있을지 잠시 몽상에 빠진 얼굴을 했다. 그는 시계를 흘끗 보더니 담배를 바닥에 떨어뜨려 발로 비벼 껐다. 그리고 정원사가 이쪽을 보지 않는 게 확실한지 살짝 확인하고 꽁초를 깔끔하게 정리된 화단으로 슬쩍 밀어 넣었다. 그는 손을 탁탁 털고 문 앞으로 가 옷 매무새를 다듬은 뒤 종을 울렸다. 잠시 뒤 나이 든 가정부가 곤란하다는 표를 내며 나왔다.

"벌써 오셨어요? 교수님은 아직 준비 중이세요."

익숙하다는 듯이 남자는 가정부에게 물었다.

"오늘 교수님 기분은 좀 어떤가요? 좀 멀쩡합디까?"

"그럴 리가요. 댁도 참, 바랄 걸 바라셔야지. 하여튼 잠시 기다리세요."

가정부는 남자에게 소근소근 말하더니 문을 쾅 닫았다. '잠시'라고 하기 민망한 시간이 하염없이 흘렀고 남자는 다소 초조해졌다. 문을 차라리 두드릴까 고민하는 사이 문이 덜컥 열렸다. 볼썽사나울 정도로 어울리지 않는 고급 실크 양복 차림을 한 남자가 나왔다.

"아예 꼭두새벽에 오지 그랬어. 그럼 사람 잠도 깨웠을 텐데."

교수는 퉁명스러웠다.

"혹시라도 늦을까 봐 서둘렀더니 이 모양입니다. 식사는 제대로 마치셨나요?"

"자네의 성화에 체할 지경이네."

"잠은 잘 주무셨습니까?"

"그렇지 않아도 간밤에 옛날에 가르쳤던 계집애가 전화를 해가지고… 아이고… 말을 말아야지. 자네도 말야, 나중에 교수가 되려면 학생 관리에 힘 써야해. 아무나 가르치면 안된다고. 아무한테나 정성을 쏟으면 안돼. 싹수가 보이는 연놈들이 있다고.”

뒤따라 나온 교수의 부인은 현란한 자수가 세심하게 놓인 손수건으로 머리가 벗겨져 훤히 드러난 교수의 두피에 송골송골 맺힌 땀을 닦았다.

“여보, 이 옷은 아무래도 이 계절과 어울리지 않아요. 다른 걸로…”

“이 옷이 아니면 안 된다고 몇 번을 말해!”

교수는 호통을 쳤다. 부인은 그를 살짝 째려보았다. 그러더니 그 짜증을 고스란히 남자에게 풀었다.

“왜 이렇게 일찍 도착하셨어요. 이이 식사도 제대로 마치지도 못 했잖아요. 밥 먹는 중엔 개도 안 건드린다는데… 쯧쯧…”

남자는 아무 말도 하지 않았다. 그래서 부인은 교수에게 다시 고개를 돌렸다.

“여보, 저는 아무래도 커피까지 못 마시고 나간다는 게 마음에 여간……”

“어디서 불길한 소리를 해!”

“아이 참! 걱정되니깐 하는 말이죠! 커피까지 마시고 여유롭게 나갈 수 있는 시간인데……”

“이렇게 된 거 일찍 도착해서 더 완벽하게 준비하면 되지. 그럼 가세.”

남자는 뛰는 척하며 운전석으로 얼른 들어가 앉았다. 교수가 차에 타려고 하자 가정부가 문 밖으로 튀어나왔다.

“교수님! 서류가방을 놓고 가실 뻔하셨어요!”

“아이쿠! 내 정신 좀 참!”

“교수님, 신문도 드릴까요?”

“내가 신문 읽을 시간이 어딨나!”

교수는 역정을 내었다.

부인은 가정부를 향해 한숨을 쉬었다. 그러고는 교수의 뺨에 입을 맞췄다.

“여보, 꼭 좋은 결과 가져와요. 얘기가 잘 되면 저번에 본 그 다이아몬드 목걸이 사주기로 한 거 벌써 잊은 거 아니죠?”

“보석이 뭐야, 세상에 그보다 값나가는 건 다 가져다 주지.”

부인은 만족을 드러내며 까르르 웃어댔다. 교수는 차에 타면서 차 운전석에 앉아 있는 남자를 향해 선심 쓰는 듯 말했다.

“자네도 이번에 한 건 했으니 내 일이 잘 되면 자네 노고를 챙겨줄 의향은 있네. 그런 식으로 교수의 길로 한 발짝 다가가는 거지.”

남자의 표정은 씁쓸하게 굳었다. 그리고 일절 대꾸를 하지 않았다. 부인은 교수의 벗겨진 이마에 맺힌 땀을 마저 닦아내고 차 문을 닫았다. 차는 다시 뜰을 빙 둘러 원래 왔던 길을 탔다. 길 양 옆으로 늘어진 가로수에선 매미가 귀를 찢을 것처럼 울어 댔다.

카페의 문이 열렸다. 두꺼운 화장을 한 푸석푸석한 얼굴의 여자가 카페 안으로 들어섰다.

"늘 먹던 거, 늘 마시던 거 줘. 그리고 담배도."

"신문은 안 사시겠어요?"

"신문 따위 왜 봐. 눈 아파."

여자가 한창 유행하는 디자인의 새 가방을 의도적으로 바 위에 올려놓더니 그 안에서 거울을 꺼내 립스틱을 덧바르기 시작했다. 카페 직원은 살짝 미소를 짓더니 여자가 원할 법한 질문을 던졌다.

"새로 산 가방인가 봐요? 얼마 전에도 가방을 새로 샀다고 하지 않았나요?"

"또 샀지. 일이 잘 되고 있거든."

여자는 흐뭇하다는 듯이 입꼬리를 실컷 올렸다. 그러고는 슬그머니 말을 덧붙였다.

"얼마짜리인지… 궁금하진 않고?"

직원은 이제 웃음을 터뜨렸다. 비웃음인 건 그 여자만 몰랐다.

"그런데 내가 그걸 천박하게 입 밖으로 어떻게 꺼내니!"

여자가 깔깔 대며 웃었다. 그러나 직원은 어깨만 으쓱하더니 살짝 데운 베이글을 여자에게 건넸다. 여자는 무안하지도 않은지 커피를 내리는 직원에게 말을 붙였다.

"자기는 해가 지면 일은 안 하나 보다? 시간이 좀 늦으면 자기는 여기 없던데."

"해가 지면 갈 곳이 있어요."

직원은 능숙하게 맞받아쳤다.

"어디를 가?"

직원은 커피와 담배를 바 위에 올려 놓으며 돈을 달라는 손 시늉을 했다. 여자는 지폐 한 장을 지갑에서 꺼냈지만 돈을 건네지 않았다.

"밤에도 일할 곳이 있어?"

"밤에는 일하면 안 되죠."

여자는 유혹적일 수 있는 눈빛으로 직원에게 물었다.

"그럼 뭘 해야 하지?"

"예술이요."

"하! 예술?"

여자는 깔깔 소리를 내며 웃었다. 그리고 드디어 돈을 건넸다.

"자기는 돈 벌기는 틀렸다. 몽상가가 여기 또 있네."

직원은 심드렁하지만 예의 바른 목소리로 질문했다.

"저 같은 인간이 또 있나 보죠?"

"있건 말건 상관 안 해. 그런 착각한 인간들이 많을수록 우리가 유리하거든. 내가 일하는 곳은 착각을 팔아."

"무슨 일을 하시는 데요? 무슨 일을 하시길래 얼굴이 피로에 찌들었어요?"

"흐음, 자기 나한테 관심이 있나 보다."

"천만에요. 모르시는 것 같아 말씀드리는 겁니다. 길 가는 개가 봐도 당신한테 일러줄 걸요?"

"이 왼쪽 눈주름 한 줄에 구두, 오른쪽 눈주름 한 줄에 목걸이, 목주름에 집을 보상받았어. 게다가 다크써클이 길어지면 길어질수록 휴가지가 달라진다고. 예술 따위 해서 이런 호사 언제 누릴래?"

직원은 그저 미소 짓기만 했다. 여자는 그저 느긋한 직원에게 약이 올랐다.

"그래서 자기는 예술가라는 소리네? 예술을 한다는 거 보니."

"예술을 하는 사람이 예술가라면 저는 예술가겠죠."

직원이 헝겊으로 그릇을 닦으면서 대꾸했다.

"예술가는 직업이 아냐. 그걸로 돈이 벌려야 직업이지."

"당신한테는 직업이 아닐 수도 있겠죠."

여자는 슬슬 부아가 치밀기 시작했다.

"어쨌거나… 자기는 직업이 없는 거네?"

여자는 커피 한 모금을 마시며 직원에게서 눈을 떼지 않았다.

"그런 식으로 따지면 직업이 없는 거겠죠."

"이건? 베이글 굽고 커피 내리고 담배를 파는 일은?"

직원은 동요하지 않았다.

"직업이 아니라 그냥 일이죠."

"그럼 정말 직업이 없는 거네?"

"나는 예술가에요. 예술가가 직업이고 예술이 일이에요, 안타깝게도 당신에겐 그렇게 안 비치겠지만. 그리고 내가 예술가라는 얘기는 내가 나 자신으로 살고 있다는 의미기도 해요."

"돈을 못 벌잖아."

"지금은 그렇죠. 그렇지만 시간 문제에요. 시간은 늘 천천히 가고 사람들은 알아줄 거에요. 사람들이 날 알아차릴 방법은 항상 있어요. 한 가지 방법이 통하지 않으면 또 하나의 방법이 생기죠."

"당신이 못해서 사람들이 못 알아본다는 생각은 안 해봤나 보네?"

"모든 예술은 그 자체로 완전해요. 예술의 상등이고 하등을 나누는 이들이야말로 천박한 거죠. 예술을 안 해봐서 모르는 가뭄 난 영혼이거나. 난 그냥 내 시간을 보내고 있을 뿐이에요."

"그래서 자기는 어떤 예술을 하는데?"

"노래를 부릅니다."

"나 자기 노래 들어본 적 없어, 그 어디에서도! 쓸 만한 목소리긴 해. 아이고, 이런! 나도 모르게 희망을 심어줬네!"

"희망을 꿈꿀 수 있다는 건 살아있다는 증거에요. 오늘과 같은 내일을 보낸다고 생각하면 얼마나 끔찍하겠어요. 난 매일이 새로워요. 오늘 어떤 일이 생길지 모른다는 게 얼마나 감사한지 몰라요."

여자는 한쪽 입꼬리를 올렸다.

"묘하게 기분이 나쁘네. 뭐… 언젠가 자기 목소리를 어디 라디오에서라도 들어볼 수 있길 바랄게. 그게 언제가 될지 몰라도."

"오늘 밤이라도 당장 들으실 수 있어요. 뭐 굳이 먼 미래까지 바래요. 저기 앞 광장에서 오늘 밤 노래하거든요. 시간이 되면 들으러 오세요. 누구나 들을 수 있는 곳에서 노래를 한다는 게 얼마나 기쁜지!"

"초대는 고맙지만 난 바빠. 풋내기의 노래를 들으러 갈 시간이 없어. 오늘 밤에도 아마 일하고 있겠지."

"희망이 없는 하루네요. 그리고 그게 직업이고요."

"직업이 없는 사람한테 들을 소리는 아닌 거 같아. 난 말야, 내가 그렇게 꼬박꼬박 버는 돈으로 세금도 꼬박꼬박 낸단다. 이 나라의 발전과 안정에 기여한다고. 그런데 당신은, 그 노래로 뭐하지?"

"희망을 선물하고, 행복을 창조하고. 직업이 있다고 해서 다들 꼬박꼬박 세금 내고 그러지 않는 것 같던데. 여기 오는 손님들 대화만 들어도 알만 하죠. 그리고 난 당신과 달리 신문도 읽고요. 그러는 당신은, 그렇게 성실한 당신은 직업을 빼면 뭐가 남죠?"

"나는 직업으로 돈을 벌어서 행복을 사. 그럼 그 행복이 남는 거지."

"그럼 직업이 없다면 행복할 수 없는 건가요? 당신 스스로 행복을 느끼진 못하나요?"

여자는 얼굴이 빨개졌다. 직원은 바 위에 초콜렛 하나를 올렸다.

"나는 항상 나 자신으로 살고 있어요. 떳떳해요. 그런 나 본연의 모습으로 사람들에게 희망을 주고 있어요. 자부해요. 오늘 밤 노래를 들으러 광장으로 오세요. 성실하게 일 시키는 직업의 목적이 성실하게 일하다가 죽는 게 아니라면요, 좀 즐기면서 살아요. 그리고 이 초콜렛은 불쌍한 영혼을 위한 특별 서비스입니다. 단 거 먹고 좀 웃어요. 쳐진 입꼬리는 돈으로도 올릴 수 없을 거에요."

여자는 초콜렛을 휙! 움켜 쥐더니 또각또각 걸어 카페를 나가버렸다. 직원은 흥얼거리며 전축에 레코드판을 올렸다.

카펫 위에서 한 여자가 남자의 품 안에 안겨 새근새근 자고 있다. 그 옆에는 술병들이 나뒹굴고 있다. 일인용 소파엔 다른 여자가 앉아 빨래처럼 잠들어 있고, 그 팔걸이엔 다른 남자가 위태롭게 기대어 잠들어 있다. 카펫 위엔 카드가 널려 있다. 바닥엔 또 다른 남자가 코를 골며 자고 있다. 레코드판은 헛돌고 있다. 햇살이 그들을 비추고 있지만 다들 아랑곳하지 않고 잠을 잔다. 갑자기 욕실 문이 덜컥 열렸다.

"모두 일어나! 일어나라고!"

소파에서 자던 여자가 겨우 눈을 뜨며 중얼거린다.

"왜… 좀 자게 둬… 아직 아침이잖아…"

바닥에서 자던 남자는 귀를 막으며 겨우 입을 연다.

"웬 유난이야…"

욕실에서 나온 여자는 부엌으로 가서 오렌지 주스를 꺼내 마신다.

"아침이라고! 다들 잘 거야? 일어나! 수영하러 나가자."

욕실에서 또 다른 남자가 나오더니 부엌으로 가서 여자에게 입을 맞춘다.

"이런! 다들 이렇게 게을러서 쓰나!"

"자기도 수영하러 갈 거지?"

"그럼! 하루를 낭비해선 안 되지! 여름답게 벌써 덥잖아."

남자는 입에 복숭아를 한입 베어 물고 계단을 내려간다. 카펫 위에서 잠들었던 여자가 몸을 일으키더니 말했다.

"너네 둘이 나가. 애먼 사람 깨우지 말란 말야."

"치! 너네 후회하게 될 거야! 날이 이렇게 좋은데!"

부엌에서 주스를 마시던 여자가 토스터에서 빵을 꺼낸다. 카펫에서 잠들었던 남자가 그 냄새를 맡고 일어난다.

"아, 배고파. 뻐근해 죽겠네… 새벽까지 논 건 우리 전부다인데 너만 이렇게 쌩쌩해?"

"해가 이미 중천에 뜬 걸 도무지 무시할 수 있어야지!"

1층으로 내려간 남자가 신문을 들고 올라온다

"무슨 소식이라도 있어?"

빵을 남자의 입에 넣어주며 여자가 묻는다.

"한 여자의 시체가 해수욕장에서 발견됐다는데."

"어머! 세상에! 끔찍해라! 왜?"

"자기가 죽은 건지 누가 죽인 건지 어떻게 알겠어. 자세한 건 조사를 해 봐야 안다는데."

남자는 무관심하게 대답하며 돌돌 만 신문을 식탁에 툭 던지며 말했다.

"세상에… 안타까워라…"

"이 아침에 이런 소식을 들어야 쓰겠어? 즐거운 것만 듣고 살아야 해!"

남자는 다시 여자에게 입을 맞추더니 전축으로 걸어갔다. 거실에선 앓는 소리와 술냄새가 진동했다. 남자는 그들을 향해 얼굴을 한껏 찡그리더니 전축을 켰다. 그리고 부엌으로 가서 담배에 불을 붙였다. 여자는 남자의 담배를 뺏어

핀다. 남자는 그 모습을 흐뭇하게 바라본다. 그러더니 문득 잊고 있던 생각을 떠올렸다.

"아, 맞다. 자기, 우리 수영을 하려면 조금 서둘러야 해."

"왜?"

"오후에 갈 데가 있잖아. 자기도 같이 가야한다고 했잖아. 잊었어?"

"오, 맞아. 그랬지."

여자가 무신경하게 말하자 남자가 갑자기 목소리를 낮춘다.

"자기, 나야 자기를 믿지만 정말 잘해야 해. 내가 그 사람들한테 바친 돈이 얼만지 알지? 물론 자기가 앞으로 벌어들일 돈의 새발의 피도 안 되겠지만, 오늘도 가서 잘 보여야 한다고."

남자의 위협적인 목소리에 여자는 살짝 몸을 떤다. 하지만 언제 그랬냐는 듯이 남자를 똑바로 바라보며 아무렇지 않은 척 말한다.

"하, 지겨워. 그런 소리 좀 그만해. 그 말 안 해도 누구보다 잘 알고 있어."

여자가 담배 연기를 싸늘하게 남자의 얼굴에 내뿜는다.

"조금만 참으면 돼. 자기가 스타가 되면 그 사람들이 먼저 무릎 꿇으러 올 거야. 그전에 자기가 먼저 무릎 꿇어야 하고. 해달라는 건 웬만하면 들어줘야 해. 그게 관례야."

"알아."

"마음에 너무 깊이 담아두지 마. 일이잖아."

"안다고!

"옷장에 좀 가보자. 적절한 옷이 없으면 사러 가야 해."

둘은 침실로 향한다.

"저번에 입은 빨간색 드레스면 됐지, 뭐."

"그건 가슴이 파이지 않아서 안돼."

남자가 사무적으로 말한다. 여자는 경멸이 담긴 표정으로 남자를 본다.

"그럼 자기가 옷을 찢으면 되겠네! 어차피 찢길 옷이겠지만 말야. 그놈들이 얼마나 흥분하겠어!"

여자의 눈엔 눈물이 그렁그렁 맺힌다. 남자는 그 모습에 굴하지 않고 말을 쏟아낸다.

"쉿! 진정해! 재네들이 듣겠어. 잘 들어. 난 자기한테 내가 가진 모든 걸 쏟아 부었어. 그렇지 않았더라면 결과가 바뀌지 않았을 거야. 그렇지 않았더라면 주인공은 당신이 아니라 당신과 함께 오디션을 본 그 여자였겠지! 당신이 두려워하는 재능을 가진 그 여자! 그러니까 잊지 말라고! 결과를 바꾼 건 나야. 오늘 밤에 최선을 다하라고! 내일 새벽에 데리러 갈게. 적당히 놀아주고 나와."

여자는 침실 문을 쾅 닫았다. 남자가 닫힌 문 앞에 서서 애원하는 척 말한다.

“다 자기를 위한 거야.”

“좋은 아침이오.”

“좋은 아침입니다.”

사방이 꽉 막힌 사무실에선 담배 연기가 가득했다. 저렴한 회색 양복을 입은 젊은 남자가 어깨를 축 늘어뜨리고 의자에 털썩 앉았다. 한숨을 쉬고 가방에서 서류를 꺼냈다. 그보다 조금 더 값이 나가 보이는 회색 양복의 젊은 남자가 그의 어깨를 툭툭 두드렸다.

“좋은 아침이야.”

“좋은 아침입니다.”

“자네, 아침은 먹었나?”

“못 먹었습니다. 잘 안 넘어가서요.”

“쯧쯧. 젊은 사람이 건강을 챙겨야지. 아! 오늘 아침 신문은 읽었나?”

“아뇨, 무슨 재밌는 소식이라도 있습니까?”

“그건 아니고… 아니 글쎄, 해수욕장에…”

그때 고급 회색 양복의 나이 든 남자가 그들에게 다가왔다.

“잡담 그만 하고 일하게나들! 자네는 나 좀 보고!”

두 남자는 서로 눈짓을 주고받았다. 젊은 남자가 한숨을 쉬더니 자리에서 일어서 부장의 방으로 걸어갔다.

여자가 새로 지은 아파트 계단을 허겁지겁 내려왔다. 현관에는 그녀보다 약간 나이가 많아 보이는 한 부인이 서 있었다. 여자가 사과하는 것처럼 말했다.

"안녕하세요! 부인! 제가 너무 오래 기다리게 한 건 아니겠죠?"

"아뇨, 막 왔는 걸요!"

"가요! 그럼!"

여자와 부인은 길거리로 나갔다. 햇빛과 공기의 열기가 뜨거워질수록 사람들은 많아졌다. 길거리에는 사람들의 부단하고 무의미한 호흡으로 가득하다. 복작거리는 통에 두 사람은 거의 소리를 지르다시피 대화를 나눠야 했다.

"부인 덕분에 좋은 베이비 시터를 두게 되었어요. 다행이에요. 우리 남편이 얼마나 안심하는지 몰라요."

"나야말로 깜짝 놀랐지 뭐에요! 우리 부인께서는 너무 순진해. 베이비 시터도 근본 있는 사람이 다 있다고요. 그나저나 그거 들었어요? 왜 그때 식사하면서 얘기했던 부부, 결국 이혼했다지 뭐에요! 듣기론 남자가 갑자기 직장을 그만두고 그림을 그리러 떠났다는데요… 세상에, 그 나이 먹어서… 처자식 다 팽개치고 말야! 그런데 말이 그림이지 여자가 있는지 누가 알겠어요. 어떤 여자랑 같이 있다는 걸 본 사람이 있다는데."

"어머! 세상에! 그렇게 예쁜 가족이었는데! 아이가 아직 새파랗게 어리지 않나요? 아휴, 가장이라는 사람이 책임감을 가져야지!"

"저기 저 건물, 보여요? 저 건물 말이에요, 왜, 내가 저번에 말해줬던 노부인 있잖아요. 그 부인이 결국 샀다지 뭐에요! 아, 조금만 늦게 나왔으면 우리가 살 수 있었을 텐데…"

"부인, 그런 정보는 어디서 얻는 거에요? 저도 좀 알려줄 수 있나요?"

여자가 눈을 반짝이며 애태우듯이 아양을 떨었다. 부인은 그 모습을 짐짓 모른 척했다.

"성격도 급하셔라… 아직 나도 잘 몰라요… 얻어 걸린 정보에요… 아, 맞다! 아침에 그이가 알려줬는데 해수욕장으로 어떤 여자 시체가 떠밀려 왔다지 뭐에요!"

그러나 여자의 귀엔 들리지 않았고 마침 여자의 눈에는 옷가게에 걸린 새 옷이 들어왔다.

"어머! 부인! 저거 보세요! 옷이 새로 들어온 모양이에요! 우리 가서 구경해요!"

둘은 옷 가게 쪽으로 뛰듯이 걸어갔다. 그 옆으로는 고급 와인 상점, 미식가들에게 소문난 레스토랑, 100년 전통의 양장점, 벼룩도 사랑을 한다는 나라의 여왕이 쓰는 향수를 만들었다는 조향사가 직접 차린 매장이 차례로 서 있었다.

죽 늘어진 복도 끝 스물한 번째 방에서 한 남자가 침대 위에서 여자와 독한 섹스를 한다. 그 침대 옆 서랍장 위에 액자가 놓여 있다. 어떤 여자의 사진이 오려져 액자에 끼어 있다. 액자 속 여자와 침대 위의 여자는 다른 여자다. 한편, 과격해지는 몸짓에 텅 빈 서랍장이 쓰러진다. 액자 앞에 놓인 돌돌 말린 신문이 떨어지면서 자연스레 펼쳐진다. 기사가 보인다. '…… 이 여자에 대해 알고 있다면 경찰서로 연락주세요.' 액자는 산산조각 났다.

제법 큰 병원의 현관 문을 열고 한 여자가 나온다. 여자의 얼굴엔 피곤한 기색이 역력하다. 때마침 병원으로 들어가려는 다른 여자와 마주친다.

"이제 퇴근하니?"

"이제야, 겨우. 지금 출근해?"

"응. 피곤하겠다. 얼른 가서 쉬어."

"아, 맞다. 어제 낮에 온 그 남자, 죽었어. 그래서 서류에 적힌 대로 전화를 걸었는데 그게 그 딸이 사는 집이 아니었어. 여차저차 딸한테 겨우 연락이 닿았는데… 제대로 얘기를 하기도 전에 그 여자가 전화를 끊었어. 제기랄! 어떻게 닿은 연락인데…"

"그 여자의 집 연락처 아니야? 그런데 왜 통화가 제대로 안 돼?"

“그 여자의 집은 아니고 그 여자 가족의 집이라나? 그쪽에서도 전화 받고 당황해 하더라고… 그쪽에서 또 다른 곳으로 연락하라고 하고, 그곳에서 또 다른 곳으로 연락하라고… 고생 좀 했지… 이쪽저쪽에서 다 모른다고 그 딸한테 연락하라고만 하고… 하여튼 대책 없는 사람들이었어. 가장 큰 문제는 다시 전화하고 싶어도 못할 거 같아. 그 여자한테 일정한 집이 없는 모양이더라. 뭐… 드문 일은 아니니까.”

“그럼 서류 절차는 어떻게 해? 골치 아프게 생겼네. 내가 이따가 다시…”

“아냐, 그 딸한테 병원이고 제 아빠가 죽었다는 걸 알려줬으니까 다시 연락 오겠지. 우리 쪽 번호야 이미 알고 있으니까. 그나저나 충격이 큰 모양이야…”

“혹여나 연락 안 오면? 그땐 네가…”

“그냥 무연고자 처리하지 뭐, 별 수 있어? 우리가 얼마나 바쁜데. 그 딸 빼면 연락할 사람이 없어.”

한 여자는 강렬한 햇살에 눈을 제대로 뜨지 못했고, 다른 여자는 갑작스런 어둠에 잠시 어지러웠다.

한 청년이 방문을 닫고 나온다. 검은색 옷을 입고 있다. 깡마르고 성미가 사나워 보이는 나이 든 여자가 차분하게 눈물을 훔친다.

“제이드한테 연락이 왔었다고? 그것도 새벽에?”

"네… 목소리가 영 심상치 않아서… 제가 아는 제이드가 아닌 줄 알았어요. 어쨌거나 이모님 말씀은 못 드렸어요… 어차피 올 테니 그때 말하는 게 낫지 않을까 싶었어요."

"잘했다. 역시 내 아들이야. 판단력이 좋아."

"어머니… 저… 장례식을 다 치를 때까지 여기 있고 싶은데요."

"무슨 소리야! 너네 아버지가 어떻게 마련한 자리인데! 회사 어른들한테 밉보이면 안돼!"

"그런 자리는 불편해요. 잘 아시잖아요."

"철없게 굴지 말거라! 그런 자리를 마련한 아버지의 노력을 모르니! 점심만 먹고 가거라!"

"제이드가 오면 제가 설명하는 게… 제이드와 가장 가까웠던 가족은 저잖아요."

"이럴 땐 집안 어른들이 얘기하는 게 나아. 제 아비가 죽은 것도 모자라… 게다가 빚까지 남긴 걸 알면… 그리고 이제 제 엄마까지… 운명의 신이 너무 가혹했어. 어쨌거나 어른들이 얘기해야 충격이 좀 덜한 법이야. 인생에서 험난한 일이 이런 일 하나만 있겠니? 그나저나 새벽에 무슨 통화를 그렇게 오래 해? 둘이 무슨 대화라도 나눈 거야?"

"네… 제이드가 하고 싶은 게 있다고… 어머니, 그런데 왜 저한테 제이드의 사정에 대해 아무 말씀도 안 해주셨어요? 제가 모른 걸 제이드가 얼마나 속상해 했다고요!"

"너의 밝은 장래를 축하하는 자리에서 그런 얘기를 하면 쓰니… 나중에 얘기하려고 했어."

얼굴 피부가 부자연스럽게 탱탱한 여자가 태연하게 말한다.

"휴… 어쨌든 어머니, 이따가 제이드가 오면 어머니가 그 애를 좀 잘 타일러 주세요. 아직도 세상물정을 모르더라고요. 저보다 한 살 밖에 어리지 않는데도요."

"왜, 무슨 일이야?"

"제이드가 배우가 되고 싶다고 그간…"

"세상에! 뭐? 배우? 이 집안에 배우까지 들일 생각은 추호에도 없어! 그 애의 엄마부터 내가 조금 더 적극적으로 말렸어야 했어… 아니 글쎄, 제대로 된 출신도 아닌 남자를 데려와서는… 설상가상으로 딴따라를 하겠다는 아이가 우리 집에서 나오는 건 말이 안돼!"

"뭐가 이리 시끄러워!"

그들 앞으로 흰 머리를 억세게 하나로 묶은 노부인이 다가온다. 움찔한 청년과 여자를 잠시 못마땅하게 쳐다본다.

"제이드는 아직 연락이 없고?"

"네, 할머님…"

"오겠지… 그나저나 우리 손자, 가기 전에 결혼 얘기 좀 하자꾸나… 좋은 중매가 들어 왔어… 너도 마음에 들어할 거야…"

청년은 노부인을 향해 입을 들썩였지만 그 옆에서 여자는 그를 향해 눈짓을 한다. 긴 복도를 걸어가는 그들 위로 햇살이 드리운다.

완벽한 검은색의 밤은 없었다, 타의적으로.
그러나 밤은 또 찾아온다.

나는 이제 어디로 가야 할까요?
아니, 어디로 가볼까요?

끝.

신세계로부터

I’m on top of the new world

2022

지금은 누구나 우러러보는 그 타워가 처음 완공되었을 당시에는 많은 이들이 경악을 금치 못했다고 하죠. 과감하고 감각적인 도시 한복판에 미욱하고 미운 고철 덩어리가 떨어졌다고 개탄했답니다. 마음이 풍만한 군중의 한가운데에 앙상한 촉루가 자리를 떡하니 차지하고 있다니, 도대체 무슨 일이죠? 한 목걸이 주인은 그 타워가 너무 보기 싫은 나머지 그곳에 내부한 레스토랑에서 종종 식사를 했습니다. 그럼 그의 시야에는 그토록 우아하고 낭만적인 도시가 다시 막힘없이 펼쳐졌겠죠. 그런데 말이에요, 자신이 가장 증오하는 것을 눈 밖으로 떨치기 위해 그 속으로 스스로 들어갈 수밖에 없음이 얼마나 애통했을까요? 눈에 넣기만 해도 끔찍한 것이 자신과 일체가 되어야 함이 얼마나 애석했을까요?

목걸이의 주인은 그나마 호사였죠. 증오하는 대상과 사랑하는 대상이 적어도 달랐으니까요. 최후의 거물은 그런 사랑조차도 증오가 되어 떨어져 깨지고, 멀어져 사라졌어요. 세상에서 가장 큰 다이아몬드의 끝에 서고 나서야 그가 사랑했던 것은 온 젊음을 바쳐 사랑해야 하는 것이 아니라 증오해야 마땅한 것이었음을, 자신에게 시간이 전혀 남지 않게 된 뒤에야 깨달습니다. 실체 없는 반짝임 위에 세워진 공중누각의 꼭대기에서 위대한 파티의 주인은 드디어 아무것도 할 수 없었습니다. 그저 바라만 볼 뿐이었어요. 관망하며 겨울 바람처럼 차가운 허망함을 폐부 깊숙이 들이 마셨습니다.

그렇다면 사랑이 빠져나가니 보잘것없게 된 건 이 사람일까요, 이 꿈일까요?

옥상에 올라간 건 에고이스트만이 아니었습니다. 머리가 이상하고 정신이 요상하며 마음이 비상한 시인도 회탁의 거리를 헤매다 시대의 도둑놈이 세운 괴뢰성의 옥상에 어느새 서 있었죠. 시인은 그곳에 웅그려져 '내 자라온 스물 여섯 해를 회고하여 보았'습니다. 혼탁한 세상에서 피어오른 반쯤의 유령 몸뚱이로서는 살아온 나날이 무의미합니다. 그 나날도 죽었고, 본인도 절반은 죽은 채 살았습니다. 절름거릴지라도 사실은 사실대로 오해는 오해대로 걸어갈 만하다고 믿었겠죠. 그런 까닭에 더더욱 몰랐을 겁니다, 그의 겨드랑이 속으로 날개가 감춰 있을 줄은. 땅에 발을 붙이지만 세상에 철저히 유리되어 살았을 타락 천사는 절룩거리는 발걸음이라도 옮겨 보고 싶습니다. 그런데 어디로 가야 하죠? 어디로 가는 것이 옳을지 분간하기 어려운 찰나, 정오 사이렌이 어디선가 들립니다. 뚜—

—

나는 머리가 정말 깨질 것 같았습니다. 그래서 나는 내가 사는 대전(垈田)에서 가장 높은 곳으로 올라가기로 했습니다. 생각을 하려고만 하면 내 눈 앞에 있는 콘크리트 아지랑이마다 이마를 탕탕 부딪혔고, 나는 그럴 때마다 생각이 부서져 괜히 아득해지고만 맙니다. 나는 생각을 하고 싶었습니다. 그 생각으로 세상의 구석을 벗어나 세상 구석구석을 내려다보고 싶었습니다. 생각을 하기 위해서는 높이 올라가지 않으면 안 될 것 같아요. 높이 올라서야만 보이는 것이 있을 테고, 거기서 나는 저급하고 열등하고 저조한 생각을 멈추고 높은 생각을 시작할 수 있을 거란 기대가 있었습니다. 그 위에서 이 후진 두통을 종이 비행기로 곱게 접어 멀리 날리고 싶었습니다. 그러면 지저분해진 머리를 비우고 맑은 정신으로 진짜 생각을 할 수 있을 거에요. 내가 갈 곳은 딱 한 곳이에요, 신세계. 새로운 곳에서 새로운 생각을 하고, 그 생각을 신세계에 널리 퍼뜨리는 거에요. 구세계에서 벗어나 신세계의 정상에 우뚝 올라서야 나의 정신도 비로소 새로워지겠죠. 그러니 곧 있으면 깨질 머리를 기어코 끌아리고 가겠어요. 난 생각을 할 수만 있다면야 얼마든지 버틸 수 있어요. 갈 수 있다고요.

사실 나는 신세계가 조금 탐탁치 않아요. 신세계란 모태적으로 잔인합니다. 내가 사는 복지(福地)에 새로 생긴 신세계도 마찬가지에요. 그곳에는 원래 신세계가 없었지만, 신세계 빼고 다 있었죠. 그래서 그런가 정이 영 가지 않아요. 새로운 것이 나타났다고 해서 반드시 좋아할 필요는 없잖아요. 하지만 나는 신세계를 좋아하게 될 거에요. 왜냐하면 신세계야말로 이전에 없던 곳이고 새로움의 발상지니까요. 그곳이라면 나의 생각도 새로 태어날 테니깐요. 꺼림칙함을 이 구세계에 내려 놓고 신세계에 오르고 말겠어요.

그렇지만 신세계에 이르는 길이 영 신통치 않습니다. 낮은 곳이 그렇죠, 뭐. 게다가 여기는 생명이 메마르는 사막이거든요. 여차 하면 발이 모래 속으로 푹푹 빠집니다. 자꾸 부는 바람에 길은 시시때때로 변하고, 게다가 고르지도 않으니 발에 집중할 수밖에 없습니다. 그러느라 자꾸 앞을 보지 못하고, 그러다가 구조의 환영과 부딪쳐요. 탕! 틀의 잔영은 꽤 단단해서 부딪치면 아파요. 아야야… 그런데 생각이라는 건 부딪치고 나서야 알게 되죠. 저는 이런 게 지겨워요. 신세계에 가서 그 정상에 이른다면 이런 수모는 더 이상 겪지 않겠죠. 신세계에는 이런 구투에 의한 편협 따위 없이 새롭고 깨끗하고 폭넓고 높을 테니깐요. 휴… 한숨 돌릴 겸 얼마나 왔는지 한번 뒤돌아볼까요? 제가 지금까지 온 발자취가… 이런, 보이질 않네요. 다 지워졌어요. 열풍이 부는 사막이니까 당연한 거죠. 갑시다, 어서. 이런 형편없는 곳에 마음 두면 안 돼요.

과연, 이곳은 신세계였어요. 내가 드디어 신세계에 올랐습니다. 머리는 괜찮냐고요? 괜찮지는 않아요. 겨우 버티고 있습니다. 괜찮아지겠죠. 신세계의 봉우리에 오르니 맨바닥에서는 전혀 느낄 수 없는 바람이 붑니다. 조금 개운해지는 기분이 듭니다. 머리도 나아질 것 같고요. 높은 곳에 이르니 내가 바라던 대로 만물이 한눈에 들어옵니다. 나의 시선에는 방해물이 없어요. 이제야 시야가 탁 트이고 분명해지는… 쉿! 기척을 느낍니다. 한 아주머니가 휴대폰을 귀에 댄 채 내 옆에 섭니다.

나: 안녕하세요, 아주머니. 저기 산이 보여요?

아주머니: 안녕하세요. 네, 보여요.

나: 무슨 산인지 아세요 혹시?

아주머니: 아뇨, 이름은 모르겠어요.

나: 저도 모르겠어요. 왜 이름을 모르고 있을까요? 저는 여기 스물여섯 해를 살았는데도 모르겠어요.

아주머니: 저도 이 사막에서 오십 년을 넘게 살았지만 저 산은 처음 봐요.

나: 참 까마득하네요. (옆에 선 아주머니와 눈을 마주치며 고개를 끄덕인다.)

아주머니: 참 까마득해요. (나와 눈을 마주치며 고개를 끄덕인다.)

나: 어? 방금 보셨어요? 우리가 이야기한 산이 저 산이 맞나요?

아주머니: (멀리 보기 위해 고개를 정면으로 돌리고 눈을 살짝 찡그리며) 아니요. 아닌 것 같아요. 능선이 달라요. 정상의 위치가 달라요. (시선을 원상복귀한다.)

나: 그러게요… 그것 참 신기하네요. 왜 변하는 걸까

요? (옆에 선 아주머니와 눈을 마주친다.)
아주머니: 변해야 하니까 변하는 거겠죠. (나와 눈을 마주친다.)
나: (시선을 원상복귀한다.) 어…? 잠시만요. 보여요? 저 뒤에 아까 그 산이 있는데요. 산이 변하는 게 아니라 산이 또 있는 거네요. 우리가 알아채지 못한 듯싶네요. 이제 그 앞에도 다른 능선의 산이 있는 것이 보이네요. 산이 달라지는 게 아니에요. 우리가 보지 못한 산이 또 있던 거에요. 꼭 색깔 없는 무지개를 닮았어요. 자세히 보려고 하면 할수록 자세히 보여요.
아주머니: 아니에요. 산이 움직이고 있는 거에요. 변하지 않은 건 없으니까요. 변하는 건 당연한 거에요. 만물은 끊임없이 움직이고 있어요.
나: 저는 변하지 않는다고 말한 적은 없어요. 저는 눈에 보이는 그대로 보는 것뿐이에요. 저 산 앞뒤로 보이는 산들을 뭐라고 설명하실 건가요?
아주머니: 착각이죠. 세상은 한시도 쉬지 않고 변하거든요. 세상은 한시도 쉬지 않고 변하니까 변하지 않길 바라는 마음을 보고 있는 거에요. 그걸 바로 희망이라 부르죠. 희망은 세상에 반응하지 못하고 늘 멈춰 있잖아요. 당신은 희망을 보고 있어요.
나: 세상이 한시도 쉬지 않고 변한다고요? 이 사막도

요? 제 눈엔 그대로인데요. 저는 잘 안 보여요. (사방을 두리번거린다.)
아주머니: 아직 어리니까 그래요.
나: 희망은 자연스러운 거에요. 그런데 우리가 서 있는 이 신세계도 부동산(不動山)이잖아요. 이 신세계에는 우리의 마음이 완벽하게 반영된 건가요? 우리는 무엇이 변하지 않길 바라죠?
아주머니: 무엇이 변치 않길 바라는 것이 아니에요. 그 무엇을 알고 싶어도 우리는 어차피 영영 알 수 없어요. 결국 무엇이 중요한 게 아니에요. 단지 뭐가 됐든 변하지 않길 바라는 거에요. 변하지 않길 바라는 마음은 곧 두려움 그 자체요, 고정된 형체는 우리의 마음을 나타내요.
나: 이 신세계가 우리의 두려움이네요. 두려움은 인조적이에요.
아주머니: (지평선의 산을 손가락으로 가리키며) 저렇게 끊임없이 변하니 우리에겐 변하지 않는 게 필요해서 이 신세계가 세워진 거에요.
나: 이 신세계는 우리의 욕망이네요. 욕망은 자극적이죠. 그럼 우리는 왜 변화가 두려운 거에요?
아주머니: 지금 우리가 갖고 있는 것을 놓치니까요. 세상에서 우리가 쉽게 가질 수 있는 것이있습니까?

갖고 태어난 것마저 쉽게 뺏길 뿐이죠. 그러니 놓치지 않으려는 것이 당연해죠. 지극히 자연스러운 거에요. 저 산을 다시 봐봐요. 참 멀고 지금도 변하고 있어요. 저기 몇몇 사람들이 보여요?

나: (시선을 살짝 낮추며) 네, 보여요. 어딜 가는 걸까요?

아주머니: 저 산으로 가는 방랑자에요.

나: 유목민이 아니라요?

아주머니: 네, 방랑자에요.

나: 저 산이 저렇게 움직이고 있다면 무얼 자신하고 저 산으로 가는 거죠? 참 대단해요.

아주머니: 여긴 사막이에요. 언제 모래 폭풍에 덮치고 모래 사이로 빠질지 모른다고요. 가다가 갈증에 죽을 수도, 일사병에 죽을 수도 있어요. 어쩜 저리도 무모하죠? 그렇지 않아요?

나: 네, 참 무모해요.

아주머니: 그러니까 이 신세계가 세워져야 하는 거에요. 인간은 무모하고, 갈증을 멈출 수 없고, 희망을 느끼죠. 힘드니까요. 힘들면 희망이 변해요. 다른 희망이 생기면 인간은 다시 안정을 느껴요. 그렇게 희망은 변덕이 돼요. 저들은 언제 또 변할지 모르는 희망을 향해 무작정 가는 거죠.

나: 산이 쉼 없이 움직이면 저 사람들은 영원히 본인이 아는 희망에 도착하지 못한다는 의미인 건가요?
아주머니: 기정사실이죠. 게다가 저 방랑자들이 산에 닿기를 갈망하며 갈수록 산은 더욱 높아질 거에요.
나: 희망이란 참 높은 건가 봐요.
아주머니: 높으니까 희망인 거에요. 높은 곳은 낮은 곳과 달라요. 높아야 높기 위해 보수되고, 시야와 바람에도 거리낌이 없고, 세상을 내려다볼 수 있어요. 낮으면 왜 희망이겠어요? 그러니 괜한 짓 말고 여기 신세계에 있어야죠. 여기는 부동이고 저 산과 높이도 같고 안전하잖아요. 그리고 이 신세계는 가격이 점점 오르게 되어 있어요.
나: 안정적이어서요?
아주머니: 인간은 변하는 걸 두려워하니 안정에 돈을 쏟을 거에요. 돈이 모일수록 안정성은 높아질 거구요.
나: 그럼 이 신세계도 지금보다 더 높아질까요?
아주머니: 여기 신세계는 저 산과 달라요. 이미 완성된 곳이라고요. 더 높아질 수 없어요. 다만, 저 아래 사람들에게 점점 높아 보일 거에요. 저 지저분하고 남루한 인간들에게 그렇지 않은 이 올림푸스 신전이야말로 희망이 될 테니까요. 이 신전은 신성해요. 너저분한 낮은 곳과 달리 깔끔하고 새 것이에요.

나: 이 신세계는 저 아래 사람들에게 위압감을 선사하겠어요. 그렇지만 아주머니께서 한 가지 간과하는 것이 있어요.

아주머니: 그게 뭔데요?

나: 저는 여기 올림푸스 신전에 오르면 이 세상 속속들이 전부 보일 줄 알았어요. 그런데 우리는 지금 도리어 저 산과 마주보고 있잖아요. 분명 저 산의 언저리에서 보는 사람들도 우리와 크게 다르지 않을 거에요. 이 신세계도 반대편의 누군가에겐 변덕일 수 있고 희망일 수 있어요. 그래도 저 산은 두려움이나 욕망은 될지언정 이 신세계와 달리 위압감은 되지 않겠죠. 자연이잖아요. 우리가 태어나기 전부터 존재하고 있었죠. 어떤 이유인지 몰라도 자연히 생겨난 거잖아요. 희망이고 변덕이고 논하는 건 오직 이 신세계에 선 우리의 의견일 뿐이에요. 이 올림푸스 신전에 오르고 나서야 신세계의 가치를 알게 되는 것처럼 저 산의 진정한 가치는 저 산에 다다른 사람만이 느낄 수 있을 거에요.

"산에 올라본 경험이 있으세요?"

"네? 어, 잠시만. 지금 저한테 한 말씀이세요?"

눈가가 팽팽하며 이마를 찡그리지 못하는 아주머니가 귀에서 휴대폰을 잠시 뗀 채 날 쳐다보더군요.

“네, 산은 정말 특이하거든요. 아무리 가파를지라도 내 발이 닿는 곳에서 생명이 호흡하고 있음을 느낄 수 있어요. 흙이고 돌이고 풀이든 말이에요. 예상할 수 없어요. 아주머니 말씀이 맞아요. 산은 움직여요. 살아 있으니까 고정될 수 없어요. 그게 희망인 거에요. 굳지 않고 무른 존재들이니 까딱하면 우리를 넘어뜨리겠죠. 하지만 그럴수록 오히려 겸손을 배울 거에요. 내가 바라는 안정은 실재하지 않은 허상이구나. 자연의 산은 우리를 끊임없이 움직이게 만들지만… 재촉하지 않아요. 다만 다독여요. 계속 나아가 땅을 밟으면서 살아 있는 거에요. 그러니 우리는 산에 올라도 올라가는 게 아니에요. 그 높은 봉우리도 결국은 산의 지층이고, 내가 밟는 땅의 일부죠. 가다 보면 봉우리를 밟게 되고, 저 방랑자들도 이 땅을 밟다 보면 꼭 봉우리를 밟을 거에요. 그게 바로 봉우리에 오르는 방식이에요. 이 신전에 오르는 방식과 차원이 다르죠.”

“네? 무슨 말씀이세요?”

아주머니가 자줏빛 입술을 오므리며 나를 아래에서 위로 훑었습니다.

“콘크리트가 우리에게 알려주는 건 오만이에요. 이 움직이지 않는 콘크리트의 봉우리에 오르기 위해 필요한 건 노력이 아니니까요. 엘리베이터죠.”

“사람 잘못 보신 것 같아요.”

아주머니가 가방을 품에 꼭 껴안더니 휴대폰을 다시 귀에 대고 서둘러 자리를 뜹니다.

"여보세요? 아, 어떤 이상한 여자가 말을 걸어서… 그러니까! 이 땅 그때 우리가 샀어야 했는데. 아깝다니까. 그때는 여기 백화점이며 호텔이며 전시관이며 올라설 줄 알았냐고. 여기 들리는 소문에 공공기관까지 들어선다는데. 아휴… 지금 이렇게 금싸라기 땅이 될 것을 그때는 왜 몰랐을까 싶어. 분해 죽겠어. 그래 가지고 요즘 잠을 통 못 자잖자, 글쎄. 오늘도 피부과 갔다 왔어…"

"아주머니, 제 말이 틀린가요? 말씀 좀 해주고 가세요!"

나는 아주머니를 뒤쫓아가서 잡으려 했지만 그러지 않았어요.

"어쩐지 재수가 없더라니. 별꼴이야."

왜 올림푸스 신전에 올라도 만족스럽지 않은 거죠? 그나저나 높은 곳에서 부는 바람은 낮은 곳에서 부는 바람보다 더 직접적이에요. 사방이 뚫려 있으니 피할 곳이 없어요. 좀 추워요. 바람이 불면 시원할 것 같았는데, 내가 굳이 종이 비행기를 접지 않아도 이 생각이 바람에 실려 날라갈 줄 알았는데, 머리만 더 깨질 것 같아요. 내 예측과 달랐어요. 먼 곳을 응시하기만 했더니 어지럽습니다. 아지랑이를 보기만 했더니 어지럽습니다. 아, 괜찮아요. 걱정하지 않아도 돼요. 성벽에 기대어 잠시 휴식을 취하… 쉿! 기척이 느껴집니다. 내 옆에서 한 할아버지가 삼각대 위에 DSLR 카메라를 올려 놓고 있습니다.

나: 안녕하세요, 할아버지. 뭘 찍으세요?

할아버지: 안녕하시오. 아무것도 찍지 않소.

나: 그럼 무얼 보는 거에요?

할아버지: 아무것도 보지 않소.

나: 그럼 무얼 하세요?

할아버지: 초점과 관점을 고정시키고 있소.

나: 왜요?

할아버지: 변하는 것을 붙잡으려면 나 자신이 먼저 고정되어야 하오.

나: 고정된 카메라에 보이는 것은 무엇인가요?

할아버지: 허무요. 허무의 세사가 꽉 차 있소.

나: 그럼 위치를 바꿔 보세요. 위치를 바꾸면 다른 게 보일 거에요.

할아버지: 그리 하고 싶지 않소. (카메라에서 시선을 떼어 나를 본다.)

나: 왜요?

할아버지: 어차피 다 똑같소. 모습이 달라도 다 같은 알갱이에 불과하오. 알맹이가 없는 쭉정이니 다 덧없지. 의미가 없소.

나: 그런데 왜 사진으로 남겨두려고 하세요?

할아버지: 곧 사라지기 때문이오. 모든 것들이 이 세상에 단 한 번도 없었던 것처럼 곧 영원히 흔적도 없이 모래 한 줌에 불과해지고 사라지니 안타깝지 않은가?
나: 안타깝습니다. 사실… 슬퍼요. 사라질 타당한 이유가 딱히 없는데도 사라지는 것에 슬픔을 느껴요. 그럼 이 대전이 원래 폐허지가 아니었던 것도 알고 계시겠어요.
할아버지: 여긴 원래 사막도, 폐허지도 아니었지.
나: 이곳은 원래 어떤 곳이었나요?
할아버지: 어떻게 보아도 사람 사는 곳이었소. 서점과 세탁소가 있고, 강이 넘칠 듯 흐르고, 숲과 산이 울창했지. 그 속에는 늘 사람이 있었다오. 서로가 서로를 알고, 사람이 사람을 알 수 있었네.
나: 지금은 막막하네요. 적막하고요. 길거리엔 아무 소리도 없고요.
할아버지: 지금만 아니어도 어디서든 사람들의 대화와 웃음소리가 들렸지. 장터에서도, 운동장에서도, 논과 밭에서도 말야. 지금이 아닌 그때는 소리가 참 많았어. 개울 소리, 반딧불이 소리, 맷돌 소리… 야생동물의 소리도 때론 정다웠을 정도였지.
나: 그리우세요?

할아버지: (카메라에서 시선을 돌려 나를 쳐다 본다.) 그런 건 질문하는 게 아니라네.
나: 이 트로이 성이 세워진 지금 이 자리에는 원래 아주 커다란 은행나무 고목이 있었죠. 혹시 아세요?
할아버지: 잘 알 수밖에 없지. 그 고목 아래서 책을 읽고 비를 피했다오. 때가 되면 은행을 주웠지. 그 고목을 내 손으로 베었다네.
나: 어르신께서요? 도대체 왜 그러셨어요?
할아버지: 위에서 시키니 그렇게 할 수밖에 없었네. 우린 다 위에서 시키는 대로 해야 돼. 그렇지 않고선 먹고살 수 없어. 생계라는 거야.
나: 말도 안 돼요. 그 은행나무야말로 사람을 먹여 살린다고요. 철마다 떨어지는 은행을 떠올려 보세요. 그 은행으로 먹고 나은 사람들을 생각해 보시라고요. 생애라는 것을… 생각하셨어야죠.
할아버지: 그것만으로 사람은 살 수 없어. 은행나무가 없어졌으니 이 트로이 성이 설 수 있었던 거요. 보게, 은행나무 가까이 오지도 않던 백성들이 전부 트로이 성 안으로 모이지 않나. 이곳은 그 옛날과 달라. 낡아지는 건 없어. 낡아지면 흉해서 없애고 그 자리에 새것을 다시 세우니까 말이네.
나: 저는 궁금해요, 왜 없어져야 하는지요. 강이 메마

르고 왜 분수대가 세워져야 하는지, 과수원이 사라지고 왜 카페가 들어서야 하는지, 극장과 미술관이 사라지고 아파트와 쇼핑몰이 서는지 모르겠어요.
할아버지: 그게 바로 자연이야. 낡은 것들을 없애고 그 자리에 올라서는 거야. 그래서 이 트로이 성을 지었지.
나: 행복하셨어요?
할아버지: 산전수전이었지.
나: 그런 산전수전을 다 겪고 지은 트로이 성은 어떤가요?
할아버지: 화려하지. 새 것이고, 황금색이고, 번쩍거리고.
나: 그럼 이 폐허지는요?
할아버지: 전부 같지.
나: 전에는 그렇지 않았죠. 계절마다 나무와 꽃은 모습을 바꾸고 철따라 새가 오고 갔죠. 책과 영화, 그림은 때를 누렸잖아요. 과실과 비와 눈은 때에 맞춰 알맞게 내리고요.
할아버지: 지금도 그렇다네. 건물과 기술과 추억이 사라지고 생겨나지. 우리 같은 인간은 그저 따라가는 거야.
나: 끊임없이 없어지고 끊임없이 생겨나고 있어요. 이

트로이 성도 언젠가 무너지겠죠. 트로이 성이라 해서 무너지지 않으리란 법은 없으니까요.
할아버지: 무너지겠지. 이토록 튼튼해도 목마가 들어서서 나타나서 무너뜨리겠지. 그게 이치인 거지.
나: 그 목마는 잔꾀인가요, 지혜인가요?
할아버지: 두려움이지.
나: 변하려는 걸 변하지 않도록 바라니까 오히려 망가지는 쪽은 사람이에요. 방금 또 저기 옛날의 다방이 쓰러졌군요. 저기 식당도 무너지고요. 형체가 있었는지 금세 잊겠죠.
할아버지: 존재가 있었음을 기억할 거라네.
나: 그 존재도 할아버지를 기억할까요? 이 트로이 성을 할아버지 손으로 올렸지만 주인은 할아버지가 아니잖아요. 할아버지가 은행나무를 베고 이 성을 쌓아 올리면서 얻은 대가가 무엇이었어요?
할아버지: 세월이지.
나: 그 세월이 마음에 드세요? 소중한 것들을 버리고 없애고 할아버지는 무엇을 쌓아 올린 건가요?
할아버지: 기대였달까…
나: 그 기대의 주인은 역시 할아버지가 아니시고요?
할아버지: 만물의 주인이 만물이 아니라 생각하면 내가 만든 산물도 내가 주인이 아니지. 내가 죽어도 이

트로이 성은 계속 서 있어야 해. 그게 이제 나의 희망이 되었네.

나: 그럼 저 인간에 의해 사라지는 것들은 죽어도 죽은 게 아닌 걸까요? 형체를 잃고 생명을 낳지 못해도 영원히 죽을 수 있는 건 없으니까요?

할아버지: 사진으로 남겨두면 기억하겠지.

"누구를 위해서요?"

할아버지가 카메라 셔터를 눌렀습니다.

"당신의 수고가, 노고가, 희생은 어째서 당신의 것이 될 없는지 그 이유를 아세요? 애초에 틀렸으니까요. 당신이 온갖 최첨단 기술로 과거를 지우고 미래를 짓는다고 해도 소용없어요. 당신의 마음은 언제나 과거니까요. 무언가를 남겨둔다는 자체가 미래를 보고 싶어한다기보다 과거를 그리워한다는 방증이죠. 그러지 않으면 왜 이 트로이 성을 사진으로 남기지 않는 거죠? 왜 저 죽어가는 것들을 사진으로 남기는 거죠?"

할아버지는 이윽고 나를 향해 고개를 돌렸습니다.

"당신은 지금 사랑하고 지키는 법을 몰라요. 그리워만 할 줄 알고요. 그래서 이 트로이 성의 주인은 당신이 아니에요. 이 트로이 성이 무너질 때쯤 사람들은 트로이 성을 그리워하지 않을 거에요. 그때 또 다른 트로이 성이 세워질 테니깐요. 그러니까 추억하기 위해 사진을 찍지 마세요."

할아버지가 나를 위아래로 훑습니다.

"당신이 진정 이 트로이 성을 사랑한다면 트로이 성을 지킬 방법은 트로이 성을 보는 것 아닐까요? 트로이 성에 서서 다른 곳을 보는 것이 아니라요. 다른 곳을 보지 않고 이곳을 사는 거죠. 그게 사랑하는 방법이고 지키는 방법이에요. 할아버지, 카메라를 바깥쪽이 아니라 안쪽으로 돌리세요. 그 카메라로 당신을 남기고 이곳을 남겨요. 당신이 주시한다면 그 세상은 죽지 않아요. 살아있어요. 애먼 곳으로 시선을 돌리지 마요."

나는 화들짝 놀라 뒷걸음질쳤습니다.

"당신의 희생을 사랑하는 게 아니군요! 당신은 그저 죄책감에 찌든 거에요. 그러니까 이 트로이 성 대신 무너지는 식당과 숲길을 사진으로 남기는 거죠. 지켜내지 못했으니까요… 당신은 젊음을 희생해서 얻은 세월을, 그러니까 스스로를 원망하고 있었어요. 왜냐하면 젊음을 희생한 결과가 바로 이 신세계니깐요. 이 희망의 쭉정이를요."

할아버지는 삼각대와 카메라를 들고 급히 자리를 뜹니다. 나는 할아버지를 잡지 않았어요.

내가 발을 딛고 선 곳은 반드시 무덤입니다. 이 신세계는 승리 전쟁의 폐허 위에 서 있어요. 이 신세계는 자연의 사체와 인정의 잔해를 깔고 선 금전적 전리품입니다. 이 화려한 신세계를 얻었는데 나는 왜 잃은 것만 생각이 날까요? 공원에서 친구와 두발 자전거를 처음 탔던 날, 호숫가로 부모님과 소풍 갔던 날, 숲을 보면서 시와 그림을 지었던 날은 이제 두 번 다시없겠죠. 그날들의 자리를 신세계가 차지하고 있으니까요. 돌아와야 할 것들이 이 신세계로 인해 돌아오지 못합니다. 이 신세계에는 자전거를 탈 곳도, 풀꽃을 찾을 곳도, 내 가족들과 친구들이 자유롭게 앉아 이야기할 곳이 없어요. 나는 승리자가 아니었어요. 아얏! 잠시만요… 괜찮아요. 머리가 조금 깨졌어요. 생각이 너무 많이 해서 그런가 봐요. 잠깐 커피를 마시면서 한숨 돌리면 머리가 여기서 더 깨지지 않을 거에요. 이 정도 아픔 정도야 참을 수 있어요. 여기 아래층으로 내려가서 카페를 찾아… 쉿! 기척을 느낍니다. 두 소녀가 각각 손에 커피와 휴대폰을 들고 내 옆에 섭니다.

나: 안녕하세요. 지금 뭐하는 거에요?

소녀1: (난간 위에 커피를 올려 놓으며) 사진을 찍으려고요.

나: 왜요?

소녀2: 자랑하려고요.

나: 무엇을 자랑하죠?

소녀1: 이 피라미드의 꼭대기에 오른 걸 자랑하는 거에요.

나: 그걸 누가 보는데요?

소녀2: 글쎄요. 제 인스타그램을 '팔로우'하는 사람들이 보겠죠.

나: 그 사람들도 당신이 이 피라미드 꼭대기에 서서 커피를 마신 걸 부러워할까요?

소녀1: 부러워할 걸요? 사실 부러워하든 말든 난 상관없어요. 중요한 건, 내가 여기 피라미드 꼭대기에 올라서서 여기서만 파는 커피를 마신다는 걸 보여주는 거에요.

소녀2: 관심 가져주는 걸 싫어하는 사람이 있을까요?

나: 관심 받는 걸 싫어하는 사람이 있는 게 아니라요?

소녀1: 그게 그거 아니에요? (마스카라가 뭉친 눈을 깜박인다.)

나: 커피는 맛있어요?

소녀1: 이 커피 몰라요? 이 커피 되게 '핫'하잖아요. (스마트폰에서 시선을 돌려 나를 본다.)

나: 무슨 맛인데요?

소녀2: 아직 안 먹어봤어요. (커피를 얼굴 옆에 대고 셀피를 찍는다.) 사진 찍으려고 지하에서 사서 꼭대기로 올라올 때까지 여태 안 마셨어요. 이제 사진 다 찍었으니까 마셔야죠. (스마트폰을 들여다 본다.)

나: 여기 올라선 게 자랑스러운 거에요, 여기 올라선 걸 자랑하고 싶은 거에요?

소녀1: 글쎄요, 그런 게 중요한가요? 저는 그냥 새로 생겨서 인기가 많은 피라미드 꼭대기에 서서 이 불모지에서는 절대 맛볼 수 없었던 커피를 살 수 있는 게 좋아요. (난간 앞에 서서 커피를 들고 포즈를 취한다.)

나: 저기 만물박람회는 어때요?

소녀2: 그게 뭔데요?

나: 엑스포요. 과학이 발전하는 양상도 구경할 수 있고, 원로 화가의 그림도 볼 수 있어요. 지역 특산물도 맛볼 수 있고요.

소녀1: 그런 게 있어요? 몰라요. 별로 재미없을 것 같아요.

나: 그럼 피라미드는 재미있어요?

소녀2: 여기 1층부터 구경 안 했어요? (스마트폰으로 소녀1을 찍는다.) 완전 딴 세상이에요. 비싼 옷의 유명, 자극적인 음식의 유행, 엔터테인먼트의 유난이 모여 있어요. 이 재미없는 불모지와 딴판이에요. 완전 신기해요. 불모지에서 못 봤던 것만 팔아요.

나: 옷도, 식당도, 놀이도 본인이 속한 부족에 있을 거 아니에요. 왜 그런 것들을 처음 본다고 해요?

소녀1: 그게 어떻게 같아요? 내가 속한 부족의 옷이랑 식당과 놀이는 '힙'하지 않잖아요.

소녀2: 로봇도 있고 그림도 있어요! 붕어빵이랑 땅콩

과자도 있고요.
나: 로봇, 그림, 붕어빵이랑 땅콩 과자는 여기 피라미드가 아니어도 충분히 볼 수 있는 걸요.
소녀1: '힙'하지 않잖아요. 비싸지도 않고요. 우리 부족에서 파는 것이랑 이 피라미드에서 파는 게 같아요?
나: 그래서 뭐 샀어요?
소녀2: 산 건 없어요. 우린 부족한데 그 비싼 값을 어떻게 감당하겠어요?
나: 직업이 뭔데요?
소녀1: 아직 직업은 없어요.
나: 그럼 하고 싶은 건 있어요?
소녀2: 아직 잘 모르겠어요.
소녀1: 하지만 언젠간 돈을 벌어서 오늘 본 가방이랑 안마의자를 꼭 살 거에요. 이 피라미드에 와서 꼭 그럴 거에요.
나: 그래도 이 커피는 샀잖아요.
소녀 2: 이 커피는 지하에서 산 거에요. 지하에서 사서 올라왔어요.
나: 그럼 이 꼭대기에 올랐을 때 그 만족이 절정이었겠어요.
소녀2: 그게 무슨 말이에요?

나: 지하에서 꼭대기로 올라왔잖아요… 이곳이 절정이 아닌 건가요?

소녀2: 이곳이 벌써 절정이면 안 되죠. 여긴 아직 낮아요.

나: 유명과 유행과 유난의 최고조에 선 건데도요?

소녀2: 여긴 절정이 아니라 도중이에요.

소녀1: 저기 가 봤어요?

나: 저기요?

소녀1: (뒤를 돌아 손가락으로 위를 가리키며) 저기 바벨탑 말이에요. 저기에 오르면 경치가 더 좋대요. 그렇다지?

소녀2: 맞아. 차원이 다르다고 해요. 여기보다 세상이 속속들이 보인대요. 더 멀리 볼 수 있고요.

나: 가고 싶어요?

소녀1,2: 네, 가고 싶어요.

나: 더 많이, 더 멀리 보고 싶어서요? 더 많이, 더 멀리 보는 게 무슨 소용인데요?

소녀1: 뭘 잘 모르시는 것 같아요. 우리는 더 멀리, 더 많이 보기 위해 높이 올라가는 게 아니에요. (스마트폰에서 알림이 뜰 때마다 나에게서 시선을 떼어 화면을 힐끔거린다.)

나: 그럼요?

소녀2: 높이 올라가는 것이 좋기 때문이 아니라 높은 곳이 좋기 때문이에요. 내가 내려다 볼 수 있고, 다들 우러러 보잖아요. 다들 저기 못 가서 안달이에요.
나: 그런데 아주 방금 여기보다 세상이 속속들이 보이고, 더 멀리 볼 수 있어서 좋다고 말했잖아요.
소녀1: 저곳에서 경험하는 경치 말고도 저곳이 정말 좋대요. 가구도 다 비싸고요. 저기 가야만 마실 수 있는 커피가 있다는데 못 들어봤어요? 저기 카페에서 사람들이 사진 찍은 피드, 인기 정말 많아요. 이곳에 대해서 잘 모르나 봐요. 이 불모지에 처음 왔어요?
"아뇨, 저는 여기 스물여섯 해나 살았어요."
나는 이제야 무지몽매의 소치에서 부화합니다.
"네?

소녀들이 수군대기 시작합니다. 입에 대지 않은 커피는 난간 위에 있습니다.

"저도 제가 이곳에 스물여섯 해나 살았으니 누구보다 이곳을 잘 알 거라고 생각했어요. 그런데 이제 잘 모르겠어요. 이 불모지에 피라미드가 세워지니 더 모르겠어요. 불모지 위에 이 휘황찬란하고 금화와 곡식이 가득 들어찬 피라미드가 왜 세워져야 했을까요? 이 피라미드는 생명을 낳지 않는데 말이에요."

비슷한 바지와 비슷한 티셔츠를 입고 비슷한 가방을 들

고 비슷한 신발을 신은 소녀들이 커피를 조심스럽게 손에 듭니다. 손에 들고 나를 어리둥절한 눈길로 빤히 바라봅니다.

"이 피라미드가 사람의 마음이었어요. 그래서 이 부화가 만들어진 거였어요. 당신의 허전한 마음이 비싼 가방을 사고 남들이 먹는 커피를 마시면 한정판 운동화를 사기 위해 줄을 서면 채워지던가요? 왜 커피를 마시면서 대화하지 않고 사진만 찍는 거에요? 그 조그만 가방에 당신의 머리를 채울 책이 들어갈 수 있나요? 운동하지 않으면서 왜 운동화를 모으는데요? 당신은 당신이 누군지도 모르잖아. 아니, 관심조차 없잖아. 당신들이 다니던 극장, 서점, 공원이 없어졌는데 그저 황금만 숭상하기 바쁘잖아. 당신들은 미라에 불과해. 죽었으면서 삶을 흉내내고 있어. 사람들은 더 이상 마시기 위해 마시지 않고, 입기 위해 입지 않아. 이 신세계에는 없는 것이 없지만 있어야 할 것이 없어. 다 죽은 이들을 위한 잔치야. 가요, 가서 껍데기나 휘감아요."

나는 소녀들이 떠날 때 쳐다보지도 않았습니다.

"뭐야, 왜 저래?"

"몰라. 이상해."

이 신세계 위에 서면 나는 생각의 신세계를 펼칠 줄 알았죠. 그런데 어째 자꾸 드는 생각은 공허해요. 아니면… 그게 어쩌면 이 신세계다울 수 있겠네요. 이 신세계는 탕연하잖아요. 나는 헛됨에 관한 생각을 하자고 이 신세계에 오른 게 아니에요. 구세계에서 기어코 벗어나서 내가 생각하고 싶었던 건… 잠시만요, 제가 아는 사람을 본 것 같아요. 가서 확인해 봐야겠어요.

나: 저기, 잠시만요. 실례합니다.

청년: 네, 무슨 일이시죠?

나: 혹시, 공중정원을 아세요?

청년: 네. 가본 적이 있어요.

나: 그곳은 어떻던가요?

청년: 이곳과 다르지 않아요. 세상은 다 거기서 거기에요.

나: 그럴 리 없어요. 여기는 다 가짜잖아요. 이 시냇물, 이 나무들, 이 꽃들까지 다 가짜라고요. 플라스틱이고 수돗물이에요.

청년: 공중정원도 크게 다르지 않아요. 공중에서 뿌리를 내릴 수 없잖아요. 거기서 생명이 뿌리를 내린다 한들 얼마나 크겠어요? 뿌리내리는 곳이 가없는 땅이 아니라 건물이잖아요. 다 자연스럽지 않게 지어진 거에요.

나: 공중정원은 앞선 생각이었잖아요.

청년: 그래 봤자 고대적이면서도… 고릿적이죠? 사람들은 자신이 보지 못한 것이 눈 앞에 나타나면 그게 미래적이라고 생각하기 일쑤죠. 고작 누군가의 기존

생각일 뿐인데 말이에요.

나: 그렇게 말하는 본인은 원래 어디에 살았어요?

청년: 에덴 동산이요.

나: 세상은 거기서 거기라면서 왜 에덴 동산에서 떠났어요? 에덴 동산이야말로 살기 가장 완벽한 곳이잖아요. 에덴 동산이 아닌 곳이 궁금했던 거에요?

청년: 인간은 지겨워해요. 인간은 만족하지 못하죠. 그래서 신세계가 자꾸 생겨나는 거에요.

"그럼 신세계는 신세계가 아니었던 거군요."

"네?"

젊은 남자는 어리둥절한 눈길로 나를 바라보았습니다. 나는 그 눈길을 똑바로 바라보았어요.

"그리고 당신은 영원히 에덴 동산으로 돌아가지 않고 신세계를 찾아 떠돌겠군요. 인간이니깐요."

"네? 죄송한데, 사람을 잘못 보신 것 같아요."

젊은 남자의 손을 잡은 나이 든 여자가 어서 가자고 재촉하더군요. 나이 든 여자와 나는 눈이 마주쳤어요.

"미쳤나 봐."

그 눈빛을 나는 평생 잊지 못할 겁니다. 나는 그 둘을 떠나 보낸 자리에 그대로 서 있었습니다.

나는 신기루 위에 서 있던 거에요. 신세계라 불리는 이곳은 허상의 모래성이에요. 결국 높이 올라가봤자 소용없었어요. 나는 높이 올라왔다고 생각했을 뿐이에요. 아! 내 생각은 뻗어가질 못해요. 올라가도 벽이 있는 건 마찬가지, 막히기만 해요. 자유로울 수 없어요. 여기는 신세계가 아니에요. 같은 사막 안이죠. 나는 살아있는데 죽어 있어요. 나는 박제된 식물만큼도 못합니다. 박제되지만 않더라도 픽 쓰러질 텐데 그마저도 못해요. 내가 뿌리를 내린 곳은 삭막입니다.

쨍그랑!

머리를 깨뜨려 버렸어요. 이제 생각을 그만두려고요. 생각을 해 봤자니까요. 생각할 수 있는 곳은 어디에도 없어요.

그럼 저는 이만 가겠습니다. 네? 아, 이 신세계를 좋아하게 되었냐고요? 아니요, 싫은 건 싫은 거죠. 이제 정말 갈게요.

끝.

아까시절
The White Ah-ccah-si Days

2023

하얀 레이스 커튼이 몸을 살랑 흔들자 이른 아까시 꽃 향기가 살짝쿵 요요하였다. 미우의 군청색 치마 주름마다, 흰 스니커즈의 리드미컬하게 까딱이는 끝에, 그리고 서둘러 붓칠하는 손의 틈틈 묻은 색색의 물감 자국에 아까시 꽃 향기가 고요하게 어렸다. 다소 경박한 차임 소리에 미우는 손목시계를 아쉽게 확인하고는 붓을 물통에 넣고 문 밖으로 나갔다. 열려 있는 창문 커튼에 아른거렸던 형체가 점점 짙어지더니 커튼을 휙 걷고 들어왔다. 티미는 신록이 만발한 바깥보다 이 낡아빠진 옛 미술실이 더욱 눈부셨다. 방금 전까지 미우가 그렸던 수채화를 티미는 보석의 모서리를 쓰다듬듯 왼손 손가락으로 스케치하였다. 그러다 채 마르지 않은 부분에 손가락이 닿아 지문을 남기곤 소스라쳤다. 티미는 검지에 인주처럼 물든 붉은 아네모네를 보고 당황하였다. 그 손가락 끝에 입을 맞추고 싶은 충동이 들었지만 이내 교복 셔츠 밑자락 안쪽에 도장을 꾹 찍었다. 다시 차임 소리가 들리자 왔던 길로 가볍게 빠져나갔다. 태양이 티미의 얼굴에 다른 잎사귀에 그러하듯 햇살을 세례한 건 티미의 얼굴이 만발했기 때문이리라. 티미의 흥얼거림이 솜털 같은 꽃씨처럼 날아올랐다.

"야, 너, 임마. 반장이란 자식이 늦으면 어떡해? 체육복도 안 갈아입고, 어? 막학기라고 선생이 이제 만만하지?"

티미는 체육 선생을 향해 허리를 꺾는 시늉의 애교를 부리며 건물 내 탈의실 안으로 홀랑 들어갔다. 그 사이, 운동장에는 호루라기 소리가 퍼졌고, 때 탄 흰 공이 휙휙 날아다녔다. 티미는 옷을 느리적 갈아 입고 피구판에 뛰어들었다. 티미는 날렵했고 모든 운동을 즐겼다. 미우는 운동 신경이 뛰어나지 않았지만 구석에 있는 덕에 거의 끝까지 살아남곤 했다. 티미와 미우가 같은 팀인 적은 없었고, 티미는 끝까지 살아남은 미우를 볼 때마다 경기 내내 아무렇지도 않은 뺨이 순간 시뻘게졌다. 매번 공을 다른 친구들에게 넘겨줘도 다들 “네가 끝내야지!” 하며 티미에게 공을 던져 건네기 일쑤였다. 그렇다고 해서 공을 설렁 던지면 미우는 또 곧잘 피했다. 결국 티미는 어느 정도 힘을 가해 미우에게 공을 맞힐 수밖에 없었다. 티미는 미우가 전학 온 뒤로 체육 수업이 싫어졌다. 이번에도 티미는 피구 경기에 적당히 임했다. 적당히 하던 즈음, 갑자기 반의 여학생들의 시선이 일제히 한 곳으로 쏠리더니 환호성이 터졌다. 학교에 얼마 전 전근 온 미술 교사가 멀리서 나타났기 때문이었다. 훤칠한 데다가 이십대 청년 특유의 젊음을 흠씬 머금고 분말(噴沫)하기에 개학 첫날부터 교내 사람들의 호감을 자연스레 끌어당겼다. 아까시 마을에서 찾기 어려운 도회적인 옷차림, 학생들과 어우러져 농구를 하는 넉살, 게다가 능란한 미술 교수력에 학생들과 선생들, 심지어 마을 사람들 전부가 모처럼 들떴다. 하 선생은 쑥스러운 듯 학생들의 환호에 손을 능청스레 흔들었다. 하 선생의 손짓에 여학생들은 너나할 것 없이 또 환호성을 질렀고, 남학생들은 볼멘소리를 터뜨리면서도 질투 섞인 시선을 숨기지 못했다. 티미는 하 선생이 처음 온 날부터 마음에 들지 않았다. 특히 지금 학생들 전체를 보고 있으면서도 꼭 한 명만을 응시하는 것 같은 기분이 들었고 미우를 향해 무심코 고개를 돌렸다. 티미는 평소 미우가 다른 학생들처럼 시시한 것에 웃음을 터뜨리지 않는다는 것을 익히 알았지만 지금만큼은 다른 학생들처럼 하 선생을 바라보고 있음을 발견하고 하 선생이 순간 미워졌다. 다만, 미우의 눈빛은 다른 학생들과 현저히 다르게 차가웠다. 티미는 미우의 눈빛에서 염증을 읽었지만 연유는 알 수 없는 도리였다. 심술이 난 티미는 때마침 제 앞에 공이 맥없이 굴러오자 힘껏 차버렸다. 그런데 공교롭게도, 공을 주우려는 미우의 손이 피구공 대신 분풀이의 희생양이 되어 엉겁결에 티미는 축구화를 신은 발로 미우의 손을 찬 꼴이 되었다. 티미는 깜짝 놀라 그 자리에서 굳었다. 빨간 생채기가 난 미우의 오른손 다음으로 제이의 눈에 든 건 미우의 눈동자였다. 당황해 그 자리에서 어쩔 줄 모르는 티미가 비칠 만큼 새까맣고 투명한 눈동자는 점점 뿌예지더니 눈물 방울이 기어코 떨어졌다.

미우는 우유 상자를 든 오른손에 붙인 데일밴드를 흘끗

했다. 하필 오른손이라 자꾸 흘끗거리게 되고 흘끗댈수록 괜히 오리무중이었다. 미우는 우유 상자를 내려놓고 야외 복도 옆 기슭에 아직 남은 초록 아까시 잎줄기를 땄다. 아까시 한 잎: 내가 미워서……

아까시 한 잎: 내가 싫어서……

아까시 한 잎: 내가 미워서……

아까시 한 잎: 내가 싫어서……

아까시 한 잎: 내가 미워서……

아까시 한 잎: 내가 싫어서……

미우는 한 줄기를 또 땄다. 아까시 한 잎: 나도 싫어한다……

아까시 한 잎: 나는 싫어하지 않는다……

아까시 한 잎: 나도 싫어한다……

아까시 한 잎: 나는 싫어하지 않는다……

아까시 한 잎: 나도 싫어한다……

아까시 한 잎: 나는 싫어하지 않는다……

아까시 한 잎: 나도 싫어한다……

아까시 한 잎: 나는 싫어하지 않는다……

아까시 한 잎: 나도 싫어한다……

아까시 한 잎: 나는 싫어하지 않는다……

아까시 한 잎: 나도 싫어한다……

또 아까시 잎줄기 하나, 또 아까시 잎 하나, 또 다른 잎 하나…… 또 아까시 잎줄기 하나, 또 아까시 잎 하나, 또 다른 잎 하나…… 또 아까시 잎줄기 하나, 또 아까시 잎 하나, 또 다른 잎 하나…… 미우가 머물고 간 자리의 둘레에는 초록 물방울 자국이 수북하다. 바람이 슬렁대자 초록 구슬들이 경성드뭇이 흩어진다.

저도 모르게 시간을 지체하고만 미우는 우유 상자를 들고 약한 달음박질을 쳤다. 계단을 하나씩 오르며 숨이 살짝 차오를 즈음 미우의 시선에는 익숙한 축구화가 담겼다. 미우는 왠지 모르게 고개를 들기 어려웠다. 얼굴에서 열을 느꼈다. 여전히 고개를 들지 않은 채 오른쪽으로 한 발자국을 옮겼다. 그랬더니 축구화가 다시 미우의 앞을 단호하게 가로막았다. 미우는 그래도 고개를 들지 않았다. 오히려 왼쪽으로 두 발자국 옮겼다. 그래도 축구화에 가로막혔다. 미우는 한숨을 낮게 쉬고 어쩔 수 없이 고개를 조심스레 들었다. 바로 그 순간 티미가 미우에게 처음 말을 걸었다.

“미안해. 일부러 그런 건 아니었어.”

미우는 티미의 목소리를 처음 접한 건 아니었지만 자신에게 처음 말을 걸었다는 사실과 그 음성이 새삼 다정하다고 느꼈다.

“손은…… 괜찮아?”

미우는 티미의 하늘색 눈동자를 마주하곤 이상하게도 아

무 말도 할 수 없었다. 어기찬 하늘색 눈동자를 이따금 파들대는 눈꺼풀이 가렸다. 미우가 아무 대답도 하지 않자 밤빛 뺨에 홍조가 더욱 짙어졌다. 미우는 여전히 복숭앗빛 입술을 꼭 다물고 있었고 티미는 눈으로 얼른 상아빛 손 위에 옥의 티처럼 붙은 데일밴드를 확인하고 마음이 쓰라렸다. 그러고는 일순 그 가녀린 손의 바들거림을 포착하곤 우유 상자의 손잡이를 불쑥 잡았다.

"내가 들게."

미우는 눈을 동그랗게 뜨고 고개를 가로저었다. 티미는 미우가 어째 손에 힘을 더 준 것 같아 의아했다. 티미는 자신이 우유 상자를 들겠다는 일념에 몰두한 나머지, 미우의 손이 자신의 손과 닿아 미우의 얼굴이 아예 산호색으로 물들었다는 것을 몰랐다.

"내가 든다니까?"

티미는 저도 미우처럼 힘을 살짝 들여 우유 상자를 제 쪽으로 당겼다. 그랬더니 우유 상자를 꼭 잡고 있던 미우가 그 힘에 끌려가고 만다. 미우는 무게 중심을 잃고 이내 반 바퀴를 돌더니 우유 상자에서 손을 절로 놓고 바로 위 계단에 엉덩방아를 찧는다. 덩달아, 티미도 졸지에 끌려가다 우유 상자를 놓치고 제자리에서 반 바퀴를 돈다. 티미는 순간 눈을 질끈 감고 앞으로 엎어지지만 시멘트 계단에 부딪히는 대신 한없이 아늑해졌다. 눈을 떠도 앞이 희다. 미우는 갑자기 내리누르는 무게 가운데서도 뚜렷하게 불거지는 순정에 더없이 당기었다. 티미는 마침내 고개를 들고 미우는 비로소 고개를 조금 숙여 서로의 눈이 마주칠 때 우유 상자와 같이 공중을 산산이 난 우유곽들에서 다 마시고도 남은 우유가 흘러나와 여우비처럼 두 사람 위로 떨어지고 있다.

둘은 그 후로 그 어떤 말도 나누지 않았다. 사실 미우가 아까시 마을의 학교로 전학 온 뒤 티미와 미우는 대화를 나눈 적은 단 한 번도 없어 지극히 자연스러운 일이었다. 그 둘은 풋풋하고 소란스러운 이파리의 흔들림 속에서도 유독 잔잔하게 흘렀다. 연분홍색 아이싱부터 먹어 치운 설익은 봄이 멋을 모르고 멋을 부린다. 마지막 학년에 마지막 학기를 다니는 학생들은 금방이라도 발사될 것 같은 기력을 감당하지 못하고 아까시 마을의 매사가 따분하다. 수업에 입시의 겨울이 끝난 학생들은 학교에서 준비한 왈츠 강습이 느닷없고 진작에 관심 밖이다. 남학생들은 옆자리에 앉은 친구들과 쉴 새 없이 장난이고, 여학생들은 삼삼오오 무리 지어 수군거리며 낄낄댄다. 할머니 강습 교사가 어른 중 어린이들의 부풀어 넘치는 생기에 질려 이론 설명을 짧게 끝내고 실습을 시작한다고 외치자 갑자기 모든 3학년생들이 조용해지며 눈을 삐걱거리는 강당 바닥으로 내리깐다. 교사는 심드렁하게 두리번거리더니 손가락을 탁 튕기며 티미와 미우를 불러낸다. 티미는 토마토처럼 얼굴이 빨개지고 미우는 창백해져 망부석이 되지만, 이제 몽우리에서 탈출한 남녀들은 저들 대신 불쌍한 모범들이 선정되자 벌써 키득거리며 재미있는 구경거리가 났다. 티미는 대추처럼 벌게진 얼굴과 더듬거리는 고성으로 반항하고, 미우도 고개를 한껏 젓지만 교사는 옛 어른답게 엄하다. 두 사람 다 쭈뼛거리며 끌리듯 강당 가운데로 걸어 나온다. 두 사람은 경직된 반면 전축에서 쇼팽의 왈츠 9번 내림 가장조(Op.69 No.1)가 어색한 공기를 부드럽게 타고 흐르기 시작한다. 그러자 누구 할 것 없이, 굳이 따지자면 미우가 먼저 티미의 어깨와 손을 잡았다. 얼떨결에 미우의 허리와 손을 잡은 티미는 침착하기가 더더욱 어려웠다. 미우의 손이 닿은 곳에 전기가 바짝바짝 흐르는 것 같았다. 미우는 티미의 아귀 힘에 손이 저렸지만 도저히 잠시나마라도 뺄 수 없었다. 당황한 미우가 고개를 떨구자 옆에서 교사가 미우의 턱을 올려 티미와 시선이 마주쳤다. 옆에서 자세 지도를 하던 교사는 창문을 열러 갔다. 그 틈에 연한 아까시 바람이 미끄러져 들어왔다. 하오(下午)의 빛발 아래 오래된 강당의 나무 바닥에서 일어나는 부유하는 먼지 속에서 천사의 흰 날갯짓이 시작되었다. 한 발자국씩 달아오르는 둘의 춤은 당연히 자칫자칫 서툴었지만 보기 빼어났다. 이번에는 왈츠 10번 나단조(Op.69 No.2)가 들렸다. 티미와 미우는 실크에 감기듯 하나의 몸짓을 왈츠의 규칙에 맞추었다. 티미는 가슴이 울렁이고 미우는 일렁였다. 강당은 어느덧 티미와 미우 외에도 춤을 추는 합이 많아졌지만 고풍스러운 왈츠의 통치 아래 평화로웠다. 곡은 왈츠 13번 내림 라장조(Op.70 No.3)로 넘어갔다. 왈츠의 마디마다, 그에 옮기는 스텝마다 빛띠처럼 다채로워지는 감정에 티미와 미우는 마음이 산란해졌다. 심장이 콩닥대는 소리, 태양 때문인지 붉어지는 뺨, 일직선처럼 분명하게 곧은 시선은 티미와 미우를 시공간에서 떨어뜨려 왈츠 11번 내림 사장조(Op.70 No.1)로 건너갔다. 맞잡은 손을 들어올려 미우가 그 아래로 회전하고 다시 눈을 마주칠 때 둘은 처음으로 배시시 마주 웃었다. 티미는 허리가 아려 왔고 미우는 귓가가 간질거렸다. 그때 차임이 요란하게 울렸다. 둘은 화들짝 놀라 잡고 있던 두 손을 놓았고 그제야 주변 학생들이 키득거리고 있음을 알아챘다. 미우는 웬일로 왈칵 쏟아진 눈물을 감추기 위해 강당 밖으로 뛰쳐나가고, 티미는 다시 그 자리에 그대로 굳어 바람에 섞인 아까시 향이 이렇게 진한 적이 있었나 여운에 잠기었다. 혹은, 언제 이리도 진해졌는지 시간을 가늠해보고 싶었으나 그럴 수 없었다.

미우는 아무도 오지 않는 창고이자 자신만의 화실에서 새로운 그림을 그린다. 커튼은 활짝 걷혀 아까시 꽃이 만발한 바깥 산 풍경이 그윽하고 훤하다. 덕분에 화실은 햇살로 꽉 차서 별다른 형광등을 켜지 않아도 환하다. 미우는 아까시 산을 보며 붓을 빠르게 움직인다. 그러다 문득문득 멈추어 자신의 그림을 지그시 보고는 생각에 잠긴다. 다시 붓을 움직일 때면 미소를 살짝 드러낸 입가에서 왈츠를 연상케 하는 음이 새어 나왔다. 그때 문이 열리자 미우는 소스라치며 붓을 떨어뜨렸다. 하 선생이었다.

"여기 있었구나?"

미우는 대답하지 않고 바닥에 떨어진 붓을 주웠다. 바닥에는 흰 붓자국이 남았다. 하 선생은 미우의 시들한 반응에 아랑곳하지 않고 미우의 비밀스러운 공간을 둘러보았다. 화실은 스케치부터 채색화까지 미우의 그림으로 가득했다. 하 선생의 시선은 미우가 지금 그리고 있는 그림에 멈췄다. 하 선생은 건넛산에서 넘어온 아까시 꽃내음이 이 그림에서 나는 것 같았다. 화실을 채운 그림들과는 눈에 띄게 달랐다. 하 선생은 선명하게 나타난 기조에 낯섦과 변화를 단번에 느꼈다.

"결국 해냈구나."

미우는 묵묵부답으로 일관하며 붓을 닦다가 하 선생을 향해 고개를 돌렸다. 하 선생은 미우와 미우의 그림 앞으로 가까이 다가왔다.

"네가 옳았어. 나는 너처럼 용감하지 못했어."

후회가 자못 묻어나는 목소리에 미우는 자신 앞의 그림

을 눈으로 애틋하게 훑으면서 모든 것을 이해할 수 있다는 어조로 말했다.

"살면서 한 번은 꼭 와야 할 곳 맞는 것 같지?"

"반드시일 줄은 몰랐네."

하 선생은 글썽였다.

"난 이제 메말랐어."

미우는 창 너머의 인자하고 무심한 아까시 산을 보며 쓸쓸히 답하였다.

"하지만 저 아까시도 파도의 분말처럼, 안개와 수증기처럼 사라지겠지. 당신이 틀린 건 아니야. 게다가 당신에겐 이제 다른 게 있고."

미우는 하 선생의 왼손 약지 위 진주 반지를 장난스레 턱짓했다.

"틀린 말은 아니야. 그런데 네가 나랑 다른 점은, 너는……"

하 선생은 미우가 그리고 있는 그림 위 허공을 쓰다듬었다.

"앞으로도 간직할 수 있겠지. 이 하얀 모든 것도 그때처럼 마음 속에 남을 거야. 확신하게 됐어."

미우는 흰 물감이 묻은 손가락으로 하 선생의 눈물을 닦았다. 그러곤 손가락 위에 이슬처럼 맺혀 햇빛에 반짝이는 눈물을 후 불었다. 눈물이 아까시 꽃잎처럼 부스스 흩어졌다.

“그리고 여름은 공평하게 맞이하겠지? 여름은 어때요?”

하 선생이 마침내 파안한다.

“벌써 알지 않아도 돼. 지기 전까지 질 생각하지 마. 일단은……”

“정말 예쁘지?”

미우가 웃음을 터뜨리며 자신의 흰 세일러복 깃을 팽팽하게 잡고 군청색 치맛자락을 찰랑찰랑하였다. 하 선생은 따라 웃으면서도 이제는 너무도 아련해지고 만 과거, 애써 찾지 않아도 되지만 공들여 누려야 하는 하얗고 향기로운 가절(佳節)로부터 눈을 돌렸던 시간, 한 번 지나가면 당연히 다시 돌아오지 않는 시간을 미우에게서 보았다. 자기 자신이 되기 위해서 불안과 싫증을 견뎌야 하는 순수의 계절을 미우는 만끽하고 있었다. 일찍이 꽃이 진 신록 사이에서 인내 끝에 봉오리를 한껏 터뜨리고는 그 향을 바람에 실어 아주 멀리까지 모험을 떠날 수 있는 것이다. 그것이 바로 섞이지 않고, 휩쓸리지 않고 온전한 자기 자신이 되어 누릴 수 있는 정수였다. 미우는 그리고 그리고 또 그린 덕에 자유로워졌다. 하지만 하 선생은 순수해지기에는 이미 더불어 푸르렀다. 이젠 묵묵해져야 했다. 하 선생은 천지에 유달리 고고하게 진동하는 미우의 향취에 몰래 탄식하였다.

미우는 해질녘이 다 되서야 창고 문을 잠글 때 웬 공책이 느닷없이 떨어져 있음을 발견했다. 공책을 집어 겉장에 쓰인 글자 'T'를 확인하고 한 사람을 자연스레 떠올린다. 미우는 공책을 가방에 넣고 언덕길을 내려가다 호기심을 못 이기고 가방에서 공책을 꺼냈다. 공책 속은 자작곡으로 한가득이다. 미우는 악보를 더듬어도 알지 못하니 대신 지운 흔적이 유일하게 없는 가사를 읽었다.

문득 나타났을 때
단숨에 널 알아차렸지
난 이미 널 기다렸던 것처럼

산들 넘어와 살포시 앉아
솔솔 간질이면
넌 날 떠난 적 없는 것처럼

심장이 하얗게 터질 때
온 사방이 보얗구나
온 세상이 희구나 너구나

너도 눈송이처럼 날아갈까
피아노 소리처럼 사라질까

미우는 가장자리에 적힌 美雨를 발견하고 파르르 떨었다. 아까시의 수음(樹蔭) 아래 막 떨어진 싱그러운 꽃줄기를 사뿐 집어넣고 공책을 접었다. 미우는 공책을 가방에 다시 넣지 않고 가슴에 안았다.

티미는 오늘따라 습한 아까시 공기에 숨막혔다. 습기에 세일러 셔츠를 아예 풀어 헤친 채 유리병에 든 진한 녹차 크림을 마시며 연습실 앞에 얌전히 놓였던 공책을 보자니 언짢음이 살아났다. 미우가 애들의 터무니없는 뒷담화를 들었을지도 모른다. 아니, 틀림없이 듣고도 남았다. 나는 왜 잠자코 있었을까 티미는 스스로를 이해할 수 없었다. 아마 하 선생에 대한 마뜩잖은 심기에 나름 고소했으리라. 티미도 하 선생이 미우와 함께 웃거나 그림을 그리는 모습을 아예 못 본 건 아니니 말이다. 그러나 철없는 청춘 남녀들이 저들만 공감하는 가공물을 나누며 히히덕거리는 광경은 역시 같잖았다. 꾸며내기밖에 할 줄 모르는 에이아이 같으니라고. 그 가공물의 내용이란 것도 기가 찼고. 하지만 티미는 왜 미우에 대한 저급한 음해를 듣고만 있었는지 본인의 비겁에 화가 가라앉지 않았다. 창문 너머로 그저 시시덕거리는 애들을 흘끗하였다. 이제 졸업을 하면 이 동아리는 끝난다. 마지막 공연을 앞둔 멤버들에겐 아쉬운 것들이 없다. 아까시 마을을 하루빨리 떠나, 대학에 가서 모나지 않다가 취업을 해서 돈을 벌어 으스대고 싶겠지. 적당한 배우자를 만나기 위해 소개팅 같은 데를 나가고 사람만 다른 똑같은 형식의 웨딩 사진을 찍고 결혼식에 입장한 후 아이를 낳아 위대한 사람인 척할 것이다. 한때 우리의 음악이라 불렀던 것들을 잊을 것이다, 매우 간단히. 급식을 기대하는 대신 점심으로 무엇을 먹을지 궁리할 것이라 믿어 의심치 않는다. 단 한 순간도 진지할 용기도 내본 적도 없는 것들이 벌써부터 아쉬워하지 않는데, 훗날 동창회에서 추억이랍시곤 그마저도 날티 나는 우수에 젖을 거라 쉽게 예상하니 지금까지 무엇을 위해 기타줄을 끈질기게 튕기고 노래하였던가. 티미는 19년 동안 강해지는 아까시 향의 존재의 흐릿함에 이골이 났다. 아까시는 이러다 어느새 사라졌고, 마을에선 사양 산업이란 이유로 벌목을 지속하여 아까시 숲조차도 해가 갈수록 줄어들었다. 아까시 마을에서 나고 자란 티미에겐 아까시 향은 물에서도 피어 오르고 산에서 피어 내리는 안개 같은 것이었다. 아까시의 절정이야 5월, 길어야 6월까지임에도 티미는 그 절정에서 수확한 아까시를 말리고 꿀을 채취하고 튀겨 먹는 등 꽃이 다시 필 때까지 야무지게 사랑하였다. 아까시 꽃이 만개할 때마다 늘 처음과 같이 사랑에 빠졌지만 이 마을에 대한 답답함은 해마다 짙어졌다. '그쯤'에서 만족하는 것, 지키지 않는다는 것, 그리고 우매하다는 것, 이 마을은 도태되고 있었다. 과학 산업 단지를 짓는다고 아까시 산 하나를 이미 통째로 밀어버린 것만 봐도 티미는 이미 질릴 대로 질리고 말았다. 결국 졸업식 공연이 티미의 노력에 대한 마지막이 될 터였다. 그것도 티미의 자작곡을 연주하는 것이 아니었다. 티미는 자신의 곡을 처음 만들기 시작했던 중학생 시절부터 부모님, 마을 사람들, 친구들, 선생님들에게 들려주었으나 그 어느 누구도 제대로 들어주지 않거나 1절도 안 듣고 대강 칭찬하였다. 그로 인해 티미는 자신이 재능이 없다고 생각했다. 그러나 티미는 차마 놓지 못하는 마음이 있었다. 이대로 포기하기엔 아까시를, 아까시의 향을, 그 생동을, 그 생동이 뿜어대는 생명을 티미는 평생 누리고 아껴 마지 않았다. 그런데 모두가 반기긴커녕 잃을 작정만 하니 이젠 정말 포기해야 하는 걸까. 티미는 한숨을 소리 내어 쉬며 미우가 두고 간 공책을 죄책감과 상실감으로 열었다. 티미의 자작곡이 담긴 공책은 단번에 특정 장을 펼쳤다. 티미가 미우를 두고 지은 곡이었다. 티미는 가슴이 두근거렸다. 말린 아까시 꽃이 그 위에 함초롬했다. 말린 꽃이지만 아직 촉촉했다. 꽃을 집었을 때 티미는 자신이 쓴 가사의 마지막 마디의 가사가 바뀌었음을 단숨에 알아차렸다.

투명한 밤에서 뛰어 놀자.

나와 눈부신 꿈을 꾸자.
같이 말간 아침을 맞자.

가사를 읽자니 미우가 전학 온 첫날이 절로 상기되었다. 평생을 아까시 마을에서 보낸 티미는 아까시 다음으로 새하얀 존재를 처음 보았다. 그렇지만 아까시보다 눈부신 존재도 마찬가지로 처음이었다.

"지금 당장 이곳의 아까시를 놓치고 싶지 않았어요. 뭐든 적기가 있잖아요."

미우는 잃을 걱정 않고, 사라진다는 의심 없이 원래 있던 곳을 떠나 과감히 이리 온 것이다. 티미는 바지의 뒷주머니에서 구겨진 종이를 꺼냈다. 종이에는 티미가 마지막이라 여기고 보낸 이메일에 대한 답변이자 티미가 평소 존경하는 가수로부터 받은 제안이 적혀 있었다. 하물며 티미는 천연의 숨결에서 호흡하며 자라지 않았나. 척박한 환경을 버텨내어 꿀과 기름진 땅을 일구었던 건 어느 존재였나. 그러니 무엇을 잃을까 미리 겁을 내었을까. 티미는 죽 그랬던 것처럼 숨을 깊이 들이 마셔어 아까시 공기를 폐부 깊숙이 밀어 넣었다. 그 다음 연습실 안으로 들어가 미우에 대한 험담을 늘어놓은 녀석을 주먹으로 내리치고 자신의 기타를 들고 홀가분히 밖으로 나섰다. 개구리가 둥글게 울기 시작했다.

어느새 논가의 정류장에 이르도록 미우의 옆으로 잎사귀 빗살들이 표홀하게 스쳐 지나갔다. 학교를 졸업하고 아까시 마을을 떠나기 전 그림을 완성하고 싶은 욕심에 달이 뜬 줄도 몰랐다. 숨이 턱 끝까지 차오르도록 뛰었건만 저 앞에서 막차가 떠나고 있었다. 미우는 숨을 가쁘게 몰아쉬며 손으로 세일러 교복 상의를 펄럭대 바람을 일으키는데 대기의 미세한 물방울이 몸 구석구석에 붙은 것만 같았다. 뒤꽁무니를 쫓을 작정이던 미우가 달리려는 찰나에 버스가 끽 멈춰 섰다. 영문을 알 수 없는 미우가 전보다는 덜 필사적으로 달려 버스를 잡았을 때 열린 창문으로 볼멘소리가 삐져 나오고 문 밖으로 중년의 버스 기사가 튀어나왔다. 버스 기사는 미우가 왔던 길로 헐레벌떡 뛰어가 개구리의 떠들석한 울음 소리와 가로등 불빛이 몽몽한 어둠으로 모습을 감추었다. 버스에 올라서고 보니 버스 승객들은 이미 자포자기한 듯 좌석의 등받이를 뒤로 젖히고 있었다. 하필 남은 자리는 맨 뒷좌석에 티미의 옆자리뿐이었다. 미우의 미간은 가방에 눌린 세일러 카라처럼 주름이 졌다. 순간 미우는 티미와 눈이 마주친 것 같은 기분이 들었지만 땀 한 방울이 등 뒤로 흐른 건 전부 습한 날씨와 뜀박질 때문이라고 억지로 생각했다. 이상하게도 미우는 티미의 옆자리로 가는 발걸음이 자신의 커지는 심장 소리처럼 들렸다. 그래서 티미의 앞에 설 즈음 미우는 발 끝을 꼿꼿이 세우고 있었다. 약하게 부들거리는 발목의 흰 양

말에 티미는 저도 모르게 시선이 쏠리다가 눈을 금세 내리깔고 미우가 자신의 옆이자 안쪽으로 들어가도록 다리를 최대한 오른쪽으로 돌렸다. 티미는 자신의 떨리는 다리를 들키지 않기 위해 무릎을 필사적으로 잡았고 미우는 티미와 최대한 닿지 않도록 치맛자락을 살짝 들고 앞좌석에 붙어 살금살금 들어갔다. 하지만 어쩔 수 없이 닿는 서로의 살결에 움찔거렸다. 이윽고 미우가 자리에 털썩 앉자 티미와 미우는 은연 중에 땀을 닦고 조용히 숨 돌렸다. 개구리 울음과 풀벌레 소리가 찌르르 들렸다. 고장난 버스를 두고 기사는 올 기색이 없어 보이고 온 사방이 캄캄하였다. 뭐라도 한 마디 크게 보태거나 저들끼리 대화로 떠들던 소리도 결국 하루의 까라지는 노곤함과 밤하늘의 은근한 별빛에 사그라들고 사람들은 어느새 잠이 색색 들었다. 이따금 드르렁 소리가 규칙적으로 났다. 고장나서 연 창문들 사이로 연하고 무거운 바람이 왔다 갔다 하였다. 미우는 졸지도 못할 만큼 아까부터 계속된 마음의 흥분과 머릿속 기차가 좀처럼 멈추지 않았다. 게다가 옆에 앉은 티미에게 온 몸의 신경이 여러모로 예민해졌다. 차 안은 창문이 다 열려 있어도 눅눅한 아까시 바람만 들어왔다. 미우는 교복이 땀에 시나브로 젖어도 머리를 묶지 않았다. 얼핏, 티미의 왼쪽 손이 미우의 뒷머리에 닿은 느낌이 들어 흠칫하였다. 어둠 속에 있느라 착각이라도 한 걸까 의문이 들었지만 미우는 옆을 쳐다볼 용기가 미처 나지 않았다. 티미가 움직였는지 기척이 난 것 같지도 않았다. 미우는 땀이 송글송글 맺히는 것을 느끼는구나 자기 자신을 설득했다. 그렇지 않으면 겁이 났다, 이 손길이 다정하다고 감각하는 스스로가 무서웠다. 티미의 손은 미우의 오른 어깨에서 목덜미, 머리카락 사이사이를 건너 마침내 미우의 어깨에 닿았다. 티미는 무서우면서도 궁금했다, 혹시라도 미우가 자신과 같은 사념 속에 있을까. 티미의 손 끝에서 땀에 젖은 미우의 세일러 교복의 천이 닿았다. 손가락은 티미와 달리 망설임이 없었지만 느렸다. 같은 장단의 숨소리 속에 티미는 한 손으로 입을 틀어 막았다. 은은하지만 조용하지 않은 밤 안에서 티미의 손가락이 미우의 교복 상의 제일 윗단추를 조심스레 여는 소리가 금방 사라졌다. 미우는 티미의 억누르는 떨림을 피부로 느끼고 심장 박동을 차분하게 가라앉혔다. 미우는 궁금했다, 티미가 자신의 심장 박동도 만지고 있는지. 미우의 딱딱한 왼쪽 악(萼)을 쥐었다 놓았다 하는 제이의 두 손가락은 어느덧 말랑거리는 촉감에 죄를 지었다는 듯 옷 속에서 손을 빼려다 보들한 미우의 손가락에 수갑처럼 잡혔다. 티미는 순간 미우와 눈이 만났다. 티미는 하늘의 그 어느 별보다 고귀한 별을 발견했다. 미우의 오른손이 티미의 무릎 위로 움직이는 찰나, 버스 위로 기사가 숨을 헐떡대며 오르는 소리가 났다.

하얀 두 발이 칠흑 같은 길을 잘도 찾았다. 자정의 고른 정적은 미우의 달음박질에 깨었다. 미우는 문고리를 연신 돌리며, 차오르는 호흡을 누르며 화실의 문을 열려는 순간 누군가 미우의 왼쪽 어깨를 잡았다. 미우는 놀라지 않는다. 마치 석고처럼 자신의 어깨에 새겨진 듯 그 손은 미우에게 안정적이었다.

"너 미쳤어?"

미우는 뜬금없는 티미의 언성에 어리둥절할 뿐 화가 나지 않는다. 미우의 눈 앞에는 가쁜 숨을 내쉬면서도 미우를 꼿꼿하게 직시하려는 티미가 있었다. 화가 단단히 나 보였다.

"뭐가?"

"지금 여길 왜 오는데?"

미우는 화가 잔뜩 난 티미를 보며 고개를 갸우뚱했다. 그 모습이 티미는 사랑스럽다고 느꼈다. 그래서 더 화가 났다.

"지금 여길 오면 왜 안 되는데?"

티미의 눈엔 눈물이 고였다. 그러곤 뒷걸음 치더니 가방을 툭 떨어뜨렸다. 미우는 어떤 짐작도 오지 않아 아무 말도 못하였다. 티미는 씩씩거리며 교복 단추를 뜯어내듯 따더니 성질을 내며 세일러 교복 셔츠를 바닥에 팽개쳤다. 미우는 놀라서 입이 도무지 열리지 않았다. 티미는 멈추지 않는 눈물을 대강 훔치며 운동화, 양말을 벗고 러닝 셔츠까지 악을 쓰며 벗어 던졌다. 미우는 드디어 목소리를 내었다.

"도대체 뭘 상상한 거야? 너야말로 미쳤니?"

티미는 아랑곳 않고 바지의 벨트를 낑낑거리며 풀고 충혈된 눈을 질끈 감고 바지와 속옷마저 내렸다. 그 순간 자신에게 안기는 미우를 느꼈다. 티미는 미우를 안았다는 감격과 안도감에 꽉 안았다.

"네가 뭘 생각하는지, 어떤 생각을 해도 난 이유를 모르지만…… 지금 꼭 그리지 않으면 안 되는 게 있어서 여기로 온 거야."

미우는 더는 말할 수 없었다. 너를 아낀다는 걱정이 순식간에 미우의 입술에 마침표를 찍었다. 미우는 자신의 눈물을 닦아주는 티미의 손길에 저도 모르게 입꼬리를 올렸다. 티미는 자신이 그랬던 것처럼 미우가 손을 움직이고 있음을 감지하고 미우에게 조금 더 몸을 맡겼다. 티미는 향운으로 점점 감치는 듯하였다.

"나랑 가자."

울먹거리는 티미는 미우가 어떤 대답을 하는지 상관하지 않았다. 이 간질거림이, 이 보들함이, 이 떨림이 티미에 대한 미우의 답이었다. 한두 방울 내린 비가 마침내 쏴아 쏟아지자 티미와 미우는 하얗고 습한 아까시 향기에 더더욱 조여졌다.

그윽한 산세 속 왕성하고 당당한 풍채의 아까시 나무의 꽃이 바닥에 닿을 듯 탐스럽게 흐드러졌다. 함박눈이 소복이 쌓인 듯 보이고, 백로 수백 마리가 정아하게 앉은 모양새였다. 초연하고도 친근한 아까시 나무 그 아래서 하얗고 빳빳한 세일러 교복을 곧 벗어 던지게 될 티미와 미우가 위를 올려다보고 있었다. 미우는 휘늘어진 아까시 가지를 잡아 끌어 기다란 꽃줄기를 톡 따서 티미의 머리에 천사처럼 띠를 둘러주었다. 티미는 송이가 풍성한 꽃줄기를 끌어당겨 포도를 물려주듯 미우의 도톰한 입술을 손으로 살짝 벌려 아까시 꽃의 꿀을 머금게 하였다. 미우는 티미의 하늘색 눈동자에서 눈을 떼지 않고 순백의 정기가 농축된 꿀을 쪽쪽 빨았다. 한 입씩 빨고 난 뒤의 꽃송이가 미우의 쇄골과 세일러 카라 위로 낱낱 떨어졌다. 그 자태에 티미는 흡족함과 허망함을 동시에 체감하였다. 티미는 아까시 꽃이 지는 것을 처음 인식했던 때를 기억한다. 영원할 것처럼 세상을 호령하는 순백의 기세가 어느새 초록의 일반에 흔적도 없이 묻혔다는 사실에 사탕을 뺏긴 아이처럼 처절하게 울었더랬다. 미우는 어느 틈에 꿀을 빨아들이기를 멈추고 티미의 호수처럼 일렁이는 눈을 묵시하였다. 그러곤 줄기에 마지막 남은 아까시 꽃을 손으로 따서 입술에 물고 티미에게 입을 맞추었다. 찬란한 절정과 영원에 대한 현혹, 그리고 일생에 관한 순결을 머금은 아카시 꽃의 화순이 티미의 카오스 속에서 분해된다. 야속함이 달큰하여 추억이자 희망이고 희망이자 추억인 과거가 꿀처럼 목 뒤로 꼴딱 넘어갔다. 미우는 티미가 지금 어느 의식을 되뇌고 있을지 상냥하게 기다린다. 미우는 티미가 각박한 대지에서 신선한 꽃봉오리를 틔우는 것보다 그 꽃봉오리를 어린 왕자처럼 절절하게 지키느라 얼마나 애가 탔을지 감지되자 덩달아 눈자락이 뜨거워진다. 우리는 어차피 잃는다. 잃는다지만 종내 살신(殺身)으로 치닫는 자연적 생애에서 우리는 애초에 무엇을 알 수 있었단 말인가. 그러니 나리고 또 나려라, 아까시야. 노피 노피 올라 널피 널피 가라, 아까시어라. 물들지도, 섭슬리지도, 파묻히지도 말고 무구하여라. 파도처럼 펼치고 햇살처럼 곧고 달님처럼 희어라, 아까샤. 옥토끼처럼 뛰놀고 백총마처럼 거닐자. 그리고 구름처럼 내려와 둥글게 올려 하얗게 퍼트리어 녹음으로 가라앉자. 그렇게 여름으로 가자. 초록의 그늘에서 영영 죽지 않는 것을 깨워 날리자. 나리고 또 나리자. 티미는 마침내 수줍게 함소한다. 다시금 설레어 미우는 티미의 손을 잡고 가뿐한 뜀박질을 한다. 둘은 태초의 폭포로 훌훌 거슬러 올라 간다. 그 뒤로 둘의 세일러 교복이 연처럼 휘날려 허공으로 떠나갔다.

봄과 여름 사이에 하나의 계절이 더 있다. 더 이상 어리지 않고 충분하게 젊지 않은 때 우리는 한 차례 주춤한다. 놀러 나간 아이가 길을 잃을까 너무 멀리 나가지 않는 듯 말이다. 아이는 도로 집으로 돌아감으로써 여전히 아이이다. 조숙한 목련이 퇴색하고 유치한 벚꽃이 잦아들고, 그러고도 시간이 조금 더 지나야 존엄하고 천진한 아까시가 기지개를 조금씩 켠다. 만물 사이에서 별보다 주목받고 보석보다 탐을 당하는 마지막 축제다. 존재하지만 확실하게 자신하지 않은 정체가 제 색깔을 믿을지 망설이기 전, 모든 화초가 그렇듯 결국 무난하려는 무렵, 단 한 번의 기회가 살며시 오는 것이다. 그리하여 마음껏, 욕망과 욕구와 야망을 천지에 펼쳐 놓기만 해도 그 고방함은 지루함과 비루함이 반복되는 세속을 정화시킨다: 당신도 세상을 밝고 향기롭게 할 수 있다. 그러니 폐막이 야속할지라도, 봄과 여름과 달리 마땅한 이름도 얻지 못한 이 순백한 계절은, 아까시는 당신의 눈 앞에서 함부로 시들지 않고 허투루 지지 않는다. 그저, 당신을 당연히 매혹시켰던 그 모습 그대로 자취를 돌연 감출 뿐이다. 그러므로 당신은 훗날 잠시라도, 자부심에 가득찰 것이다. 젊음, 잘 써봤다고.

하 선생은 달빛이 길을 내는 부둣가에 서 있다. 나룻배를 재차 꼼꼼히 살피고 나서 안심되고 헛헛한 마음으로 담배를 태운다. 마을은 또 한 번의 졸업식을 끝내고 또 다시 한갓지게 잠들었다. 미우의 졸업 작품이 있어야 할 자리에 작품이 없고, 졸업식 파티에 보컬인 티미가 나타나지 않았다는 점

빼고 구식은 올해도 예외 없이 보존되었다. 제도에서 제도로 안전하게 옮겨가는 것 혹은 제도에서 제도권 안으로 별 상념 없이 들어가는 것이다. 졸업한 학생들은 세일러 교복을 미련 없이 버리고 흰 셔츠와 검은 슬랙스를 입고 세상에 오랫동안 낡아가는 요령과 정보를 자진해서 주입 당하러 교수나 부장이나 저보다 나이가 많은 어른 아래로 들어갔다. 어차피 나 있는 길을 모험가의 심정으로 걸을 청춘남녀들이 허술한 화장과 엉성한 금발 염색 머리나 파마를 하고 당장의 우월감에 취하고 젖는 하루였다. 해솔은 그만 헛웃음이 나와 담배 연기를 들이마시다 컥컥댄다. 학생의 세계를 지배하는 차임이 더 이상 위엄을 갖지 못하니 한 학급 한 학교의 우정은 그 얄팍한 깊이를 금방 드러냈다. 직장을 통근하며 불합리한 시스템과 계급을 말로만 잘근거리면서 규격화된 아파트의 기시감 높은 인테리어 속에서 엄마나 아빠라는 훌륭한 인물인 척 살아갈 것이다. 아무 감흥 없이 더욱 식상하고 포장된 삶을 살아갈 것이다. 그런 속물이 제외된 자기 자신이란 과육을 궁금해하지 않고, 알고 싶어하지 않을 것이다. 그래 놓고 인생의 어느 날, 무언가나 누군가를 강하게 책망하고 싶은 마음을 불쑥 갖고 자멸하겠지. 해솔은 이 아까시 마을이 너무나 덧없게 존립한 것 아닐까 파도 위 술렁이는 나룻배를 응시하며 사념에 잠기었다. 이 학교는 아까시 산과 함께 밀리고 이 터에 과학 산업 단지와 백화점과 공공 기관이 들어설

예정이었다. 해솔은 이제 내일과 돈을 우선으로 쳤다. 해솔에게 사치는 차나 아파트, 비싼 시계가 아니라 미우가 사회에 한사코 뺏기지 않으려는 순수함과 열성과 재능이었다. 하 선생은 미우가 아까시 마을에서의 마지막 작품을 어떻게 마무리했는지 내심 궁금했다. 하 선생이 몽당 담배를 바다에 던져버릴 찰나, 틀림없는 탄내가 코 끝으로 감지되었다. 영문을 알 수 없는 하 선생은 마음을 가다듬고 뒤를 돌았더니 청바지와 청재킷 차림을 하고 팔랑 뛰어오는 미우와 티미가 보였다. 그 둘의 배경으로 꽃불을 보았다. 위치로 보아 학교가 아직은 서 있는 자리였다. 미우의 손에는 아까시 묘목이, 티미의 각 손에는 기타와 미우의 화구 상자가 들려 있었다. 애초에 들고 뛸 수 있는 크기는 아니었지만 미우의 졸업 작품은 어디에도 없었다. 하 선생은 당황하여 미우에게 자초지종을 물었다. 미우는 티미와 탈 나룻배에 묘목을 놓고는 불이 난 맞은편이자 이젠 청초뿐인 산을 턱짓하며 대답했다.

"당신이 찾아봐요. 찾을 수 있는 곳에 두었으니까요. 이번엔 용기내요. 아직 늦은 것도 아닌데. 이제 막 초여름이잖아요."

달빛으로 바다 위 은가루가 쉴 새 없이 반짝거렸다. 하 선생의 눈에도 반짝임이 담겼고 이윽고 고개를 끄덕였다. 기타와 화구 상자를 배에 실은 티미는 미우 옆에 서고는 새침한 표정과 멋쩍은 목소리로 하 선생에게 처음으로 말을 걸었다.

"이름이 뭐에요?"

"해솔이에요. 반가웠어요."

해솔은 어른이 아닌 청년의 얼굴로 답하였다. 둘은 푹푹하게 포옹하였고 그 모습에 미우는 까르르 웃었다. 티미와 미우는 손을 잡고 차례로 나룻배에 탑승했다. 해솔이 밧줄을 푸는 동안 둘은 꿈을 꾼 듯하고 후련하고 당찬 눈빛으로 아카시 꽃이 아주 방금까지도 만발했을 것 같은 산을 조망하였다. 이제 아까시 꽃은 찾을 수 없었다. 그런데 짭쪼름하고 굵직한 공기 속에서도 아까시 향은 여전히 맴돌았다. 미우의 시선은 문득 배의 바닥을 향했다. 아까시 꽃이 수북하였다. 미우는 해솔과 마지막으로 정다운 눈인사를 나누었다. 해솔은 있는 힘껏 배를 밀었고 배는 이제껏 없던 길로 미끄러졌다. 미우와 티미는 달과 별을 벗삼아 노를 차근차근, 급하지 않게 저었다. 둘은 마주 보면서 자유를, 태어난 축복을 만끽하며 웃었다. 그렇게 아까시 마을에서 서서히 멀어졌다. 마을은 어느새 학교에 불이 붙었단 소식으로 하나둘 잠에서 깨었다. 해솔은 미우의 선물을 찾으러 길을 나섰다. 해솔의 귀로 파도 소리에 섞이는 미우와 티미의 노래가 솔솔 들렸다.

끝.

고마움을 전하며

나는 재능이 없는데 시간이 자꾸 가기만 해서 마음이 늘 조마조마합니다.

이 단편집 『순』을 이루는 〈꼬리가 잘린 도마뱀〉, 〈신세계로부터〉, 〈아까시절〉이라는 세 단편 소설을 쓰게 된 경위의 외관은 각각 달라도 내면은 하나이다. 〈꼬리가 잘린 도마뱀〉은 손발이 묶여 집에 갇힌 채 머리 위로 떨어지는 폭탄을 고스란히 맞는 것 같을 때 썼다. 〈신세계로부터〉는 나와 같은 공간에 있는 사람들을 향해 목에서 피가 나도록 부르짖는데 정작 아무 소리도 나오지 않는 것 같을 때 썼다. 〈아까시절〉은 세상이 날 버린 것 같을 때 썼다. 정리해서, 나에게 남은 건 글뿐일 때 이 세 편의 소설을 단전에서 쏟아내듯 각각 3주 만에 지었다. 세 편의 공통점이 하나 더 있다면 원래는 쓸 계획이 없었다는 점이다. 나는 내가 마음에 있는 글만 평생 쓸 줄 알았다. 한편 세 단편 소설은 꼭 샘물처럼 솟아올랐다. 심중에서 쓴 적 없던 글이 손 끝에서 저절로 튀어나왔다. 특히 〈꼬리가 잘린 도마뱀〉은 내가 소설을 쓸 수 있을 거라는 기대가 전혀 없을 때 썼기에 나조차도 신기할 따름이다. 집필 도중에는 허무와 분노로 무아지경이었다. 소설을 끝맺으면 3주라는 시간이 지나 있었다. 그렇게 정신을 차려 보면 낭떠러지의 끝에서 어느새 벗어나 있었다. 이 단편소설들은 태어남으로써 날 살렸다. 이 이야기들은 창작의 샘물이기도 하나 내 삶에 대한 의지의 마중물인 셈이다. 어떤 근원으로 탄생하였는지 과학적으로 설명 불가이나 한 가지 내가 호언할 수 있는 건, 이 이야기들이 나만이 지을 수 있는 글이고 이야기라는 것.

나는 두려움이 많고 눈치를 많이 봅니다.

비교적 짧은 시간 안에 단편을 쓸 수 있었던 건 이젠 이판사판이라는 심사가 있었기 때문이다. 나는 어차피 세상에 거부당한 사람이니까 솔직하고 또 솔직하자는 심정뿐이었다. 〈꼬리가 잘린 도마뱀〉은 연극을 상상하며 지었다. 독자께서 안개가 자욱한 바다 근처의 공중전화 부스에서 절실한 전화를 거는 제이드가 되어 보길 추천한다. 〈신세계로부터〉는 두통으로 머리가 터질 것 같은 날 의식과 무의식이 교차되는 대화를 영화 시나리오를 응용하여 지은 단편이다. 실제 내가 겪은 일을 일부 반영하였다. 〈아까시절〉은 나에게도 스콧 피츠제럴드의 〈해변의 해적〉과 폴 토마스 앤더슨의 〈리코리쉬 피자〉, 왕가위의 〈중경삼림〉처럼 낭만과 (이 단어를 쓰고 싶지 않지만) 청춘을 독자적인 표현력으로 남기고 싶은 숙원에서 비롯되었다. 젊을 때 젊음을 형용하는 작품을 짓고 싶었기에 이에 앞서 찾아와 나를 자극시킨 불행과 불운에 마냥 슬프지 않다. 나의 어린 젊음은 미우나 티미와 다소 달랐지만, 우리의 일치점라면 아까시 꽃을 사랑한다는 점이다. 이 작품으로 나의 젊음에 여한을 가지지 않으련다. 이 단편을 마칠 무렵 아까시 꽃 내음이 설핏하였다. 비로소 아까시 계절의 차례다. 〈아까시절〉로 독자께서 아까시 꽃과 자신의 젊음을 더더욱 사랑하길 진심으로 바란다. 세 편의 짧은 이야기를 짓는 순간에는 작은 자유를, 짓고 나서는 해갈을 느꼈다. 내가 작가로서의 자존감으로 충만하고 삶의 욕구를 해소할 곳은 창작이었다.

어떤 상황에서든 창작의 기쁨을 만끽하겠습니다. 그거 하나 보고 꾸준하고 성실하겠습니다.

『순』을 읽은 독자분들께 고마움을 전하며, 이 안의 이야기를 읽고 당신의 감정과 감각이 생동하길 소망할게요.

내가 쓰는 단어 하나, 문장 하나가 독자 당신의 마음의 결과 겹이길 바랍니다.

항상 이상하세요.

전해리 드림
2023.05.01

순 Soon! (꼬리가 잘린 도마뱀, 신세계로부터, 아까시절)
1판 1쇄 발행일: 2023년 9월 13일
ISBN: 979-11-982046-2-2 03810
지은이: 전해리

리튼앤라이튼(Written&Lighten)은
썬 키쓰 쏘싸이어티의 출판 브랜드(임프린트)입니다.
제 2022-000036호

writtenandlighten.official@gmail.com
https://www.instagram.com/writtenandlighten.official
https://www.sunkisso.com

출판 기획 편집 디자인 마케팅: 전해리

표지 종이: 두성종이 문켄폴라/ 본문 종이: 두성종이 아도니스러프
표지 및 본문 서체: Y유니버스, 코펍월드바탕체·돋움체, Noto Sans JP
인쇄: 씨에이치 피앤씨

책값은 뒤표지에 있습니다.

〈아까시절〉 초안 육필 원고

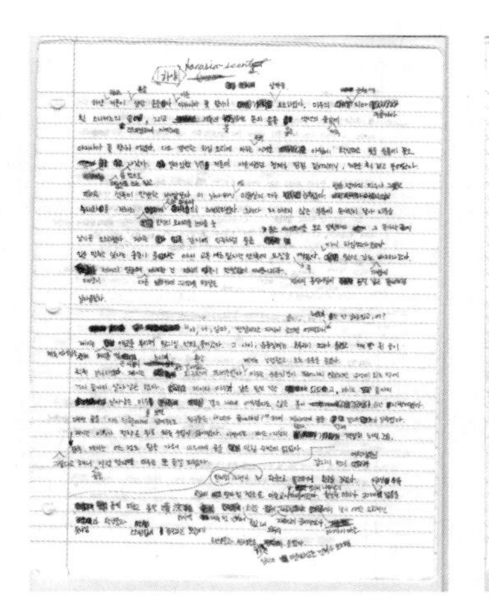

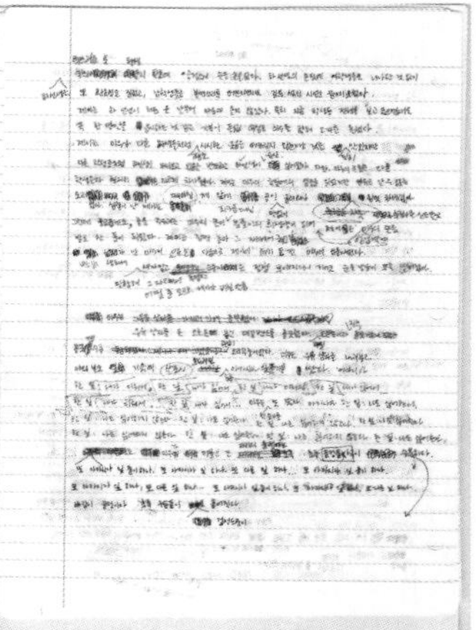

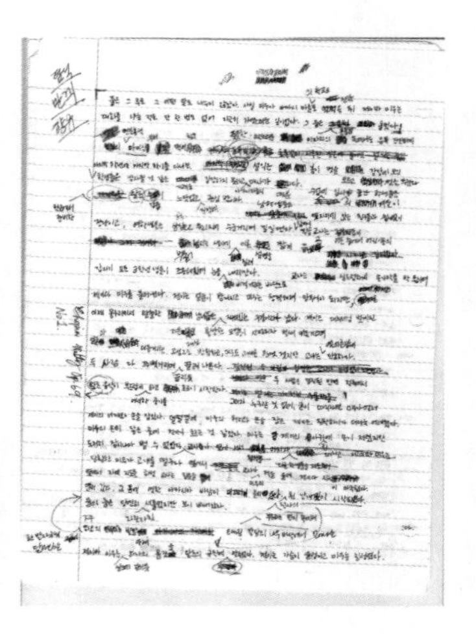

Waltz Op.69.
No.2. in B Minor

[illegible]

Waltz Op.70

[illegible]

"[illegible]"

"[illegible] 한 번은 꼭 [illegible] 해야 할 것 [illegible]"

미우가 모든 것을 [illegible] 수 있다는 [illegible] 말했다.

"[illegible]" "난 이제 [illegible]"

[illegible]

"[illegible]"

[illegible]

"투명한 햇빛이 [illegible].
나는 [illegible] 꿈을 꾸자.
좋게 [illegible]"

[illegible]

"[illegible]"

[illegible]

Acacia-scented

~~Cherry Blossom~~ Dream (code name)

2023.03.26 시작

[illegible]

[illegible]

[illegible]

[illegible]

[illegible]

「숨」 - 고마움을 전하며

나는 [illegible]

이 단편집 「숨」을 [illegible] <[illegible]>, <[illegible]>, 그리고 <하양> [illegible]

[illegible]

세상이 날 버린 것 같을 때 <하양>을 썼다. [illegible]

[illegible]

<[illegible]>은 [illegible]

<하양>은 나에게 [illegible]

[illegible] 이 단편을 마치니 아카시 꽃내음이

그 끝으로 선물한다. [illegible]

[illegible]

2023.05.01

아까시절